몸을 아껴요
마음을 가꿔요

요가를 모르는 그녀와
요가를 아는 그녀의
'마음 챙김' 이야기

세르파, 루나 지음

몸을 아껴요
마음을 가꿔요

북노마드

contents

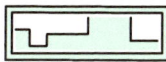

요가를
시작합니다

홈 트레이닝이 유행이다. 간단한 스트레칭부터 격렬한 운동까지, 검색만 하면, 매트만 있으면, 운동을 하겠다는 의지만 있다면 피트니스센터를 가지 않아도 된다. 홈 트레이닝의 정수는 요가다. 아침 요가, 저녁 요가, 명상 요가, 임산부 요가, 어깨가 아플 때 하는 요가 등 채널도 다양하다.

하지만 요가는 쉽지 않다. 요가를 한다고 해서 몸에 드라마틱한 효과가 나타나는 건 아니다. 오래 수련해야 한다. 분명한 건 요가는 '확실하다'는 것이다. 요가를 꾸준히 수련하면 몸이 변하고 마음이 변한다. '조금씩' 변한 몸은 이전으로 쉽게 돌아가지 않는다. 명상과 호흡에 집중하면 '나'를 헤아리게 된다.

송장 자세로 싱잉볼 소리를 듣는다. 나른함에 몸을 맡긴다. 규칙적이지 못한 숨을 들여다본다. 고요해지고 싶은 나의 욕망을 내려놓는다. 음악이 사라진다. 선생님의 맑은 목소리, 수련생들의

8

숨소리, 동작이 바뀌는 소리가 가득하다. 꿈을 꾸는 것 같다. 고요함 속에서 나를 바라본다.

좋아하는 인도 향을 피워본다. 호흡으로 향을 느끼고, 만트라를 틀어놓고 매트에 선다.

이제 몸의 차례다. 두 손을 높이 합장하고, 손바닥을 매트에 올려놓고, 발을 멀리 짚고, 배를 바닥에 닿세 하고, 팔로 지탱하여 목이 길어진다 생각하며 몸을 움직인다. 몸을 사용한다. 몸이 이완된다. 내 호흡을 바라본다.

요가는 호흡이다. 욕심을 비우고 무리하지 않기. '이게 운동이 되나'라는 생각이 들 정도로 몸과 마음을 조금씩 비우기. 이 '조금'이 쌓이면 내가 달라진다. 세상을 바라보는 태도가 달라진다. 대부분의 운동은 동작을 유지하고 호흡하고 연결하거나 다음 동작을 생각한다. 요가는 다르다. 요가는 운동이자 수련이다. 다음 동작을 생각하고 지탱하는 데 그치지 않고 호흡을 '바라본다.'

요가를 처음 배울 무렵, 나에게 요가는 스타일이었다. 머리를 질

끈 묶고, 넓은 헤어밴드를 하고, 레깅스와 민소매티를 입고, 요가 매트를 어깨에 걸친 목과 팔다리가 긴 여자들이 부러웠다. '나마스테'하며 두 손을 모아 인사하는 모습이 멋있었다. 지금은 다르다. 요가는 몸을 쓰는 운동을 넘어 '철학'이라는 생각이 든다.

나는 늘 목, 어깨, 등, 허리가 아팠다. 시간이 없다는 핑계, 피곤하다는 변명으로 몸을 방치했다. 의식하고, 긴장하고, 걱정하고, 힘을 주고 살았다. 요가를 시작했다. 힘을 빼고 자연스럽게 살고 싶었다. 몸의 움직임에 맞춰 내면을 바라보고 싶었다.

요가는 지친 현대인에게 필요한 정적인 움직임이다. 몸과 마음을 정화시키는 운동이자 수련이다. 이제 나는 할 수 없는 동작에 대한 죄책감, 민망함, 부끄러움을 갖지 않는다. 젊은 날보다 몸은 후덕해졌지만 그만큼 마음도 후덕해졌다. 매일, 조금씩, 천천히 동작을 따라한다. 호흡에 집중한다. 나이 드는 게 억울하고 슬픈 일만은 아니라는 걸 요가를 하며 알게 되었다.

셰르파 선생님과 함께한 좌충우돌 수련일지를 세상에 내놓는다. 고백하건대 나는 선생님의 근심거리였다. 적지 않은 시간을 수련했지만 내 몸매는 아름다워지지도 유연해지지도 않았다. 하지만 요가 수련은 몸보다 '마음'을 맑게 해준다. 내 몸의 문제가 무엇인지, 어떻게 호흡하고 몸을 움직여야 하는지 알게 한다. 겉으로 드러나는 효과가 미미하더라도 꾸준히 수련하면 몸과 마음이 건강해질 것이다. 지금보다 잘 살게 될 것이다.

요가가 어렵게 느껴지는 분, 몸이 뻣뻣해서 망설이는 분이 있다면 이렇게 말씀드리고 싶다.

— 걱정 마세요. 저보다는 잘하실 거예요.

루나(Luna)

1

몸과 마음은 연결되어 있습니다

인문 요가

우직한 눈물을 추억해요, 사바아사나

'우직하다'는 말을 좋아한다. 다른 사람을 의식하지 않고 묵묵히
걸어가기. 당장은 눈에 보이지 않아도 걸어가는 시간이 차곡차
곡 쌓이면 내가 원하는 모습이 될 거라는 믿음. 나는 무엇을 하든
지 몰입하는 편이다. 중요한 일이 있으면 점심을 먹지 않고 화장
실 가는 것도 참는다. 일이 늦어져 다른 사람을 기다리게 하는 게
마뜩지 않다. 이런 내가 고지식하게 느껴지기도 한다.

셰르파 선생님의 〈인문 요가〉 수업은 힘든 아사나를 요구하지 않
는다. 그럼에도 나 같은 초보에게는 벅찰 때가 있다. 그래서 나는
사바아사나(Savasana, 송장 자세)를 좋아한다. 팔과 다리에 힘을
빼고 송장(Sava)처럼 반듯하게 누워서 호흡을 바라본다. 오늘은
선생님의 '눈물' 이야기를 들으며 사바아사나로 수련을 마무리
했다.

— 많은 사람들이 요가를 하며 웁니다.

몇 해 전, 요가를 그만두었던 날이 생각난다. 힘든 일이 연달아

닥쳐서였을까. 그날따라 사바아사나 자세에서 유난히 눈물이 났다. 결국 한동안 요가를 할 수 없었다. 그런데 다시 찾은 수련장에서 선생님은 '눈물'을 이야기하신다. 옆에서 '훌쩍' 눈물을 마시는 소리가 들린다. 예전의 내가 이곳에 있다.

'아쉬탕가(Ashtanga)'는 요가의 8단계 수련이다. 산스크리트어 아쉬토(Astau, 여덟)와 앙가(Anga, 가지)가 합쳐졌다. 아무래도 '아사나(요가 자세)'만 수련하면 한계를 느낄 수밖에 없다. 이때 요가는 운동에 지나지 않다.

요가의 8가지는 다음과 같다.

1. 야마(Yama, 요가 수행자의 사회 관계를 명시한 도덕·윤리 지침)

2. 니야마(Niyama, 요가 수행자의 준수 사항을 명시한 도덕·윤리 지침)

3. 아사나(Asana, 자세, 동작)

4. 프라나야마(Pranayama, 호흡)

5. 프리티야히리(Pratyahara, 오감을 포함한 감각을 내면으로 회수)

6. 다라나(Dharana, 집중)

7. 디야나(Dhyana, 명상)

8. 사마디(Samadhi, 궁극의 평화)

내가 지도하는 〈인문 요가〉는 '야마'와 '니야마'가 핵심이다. 야마는 '금계(하지 말아야 할 것)', 니야마는 '권계(해야 할 것)'다. 야마는 아힘사(Ahimsa, 비폭력), 사트야(Satya, 진실), 아스테야(Asteya, 훔치지 않는다), 브라마차리아(Brahmacharya, 절제, 금욕), 아파리그라하(Aparigraha, 소유욕과 욕심이 없는)가 있다.

니야마는 사우차(Saucha, 청결), 산토샤(Santosha, 만족), 타파스(Tapas, 정화, 자기제어), 스바드야야(Svadhyaya, 자아탐구, 공부), 이스바라 프라니다나(Isvara pranidhana, 신성에 대한 헌신)가 있다. 나의 〈인문 요가〉 수업은 야마와 니야마를 편안하고 쉽게 전달하는 데 맞춰져 있다.

〈명상 호흡법〉은 '프라나야마'를 중심으로 이루어진다. 프라티야하라, 다라나, 디야나를 거쳐 사마디에 이르는 길을 안내한다. 프라나야마는 '호흡의 기술'이다. 생명의 바퀴를 돌리는 중심축이다. 요기(Yogi)의 생활은 '얼마나 많은 날을 수행했는가'가 아니라 '호흡 수'로 평가받는다는 말이 있다. 그만큼 요가 수련에서 '프라나야마'는 중요하다.

호흡은 자연스럽게 우리 몸에 흐른다. 그렇기에 요가는 조급해 하거나 서두를 필요가 없다. 개인 능력과 신체 한계에 맞춰 서서히 조절하면 된다. 요가의 목적은 마음을 조절하고 안정을 얻는 데 있다. 호흡이 흐르는 몸을 바라보는 시간이 쌓이면 궁극의 평화를 만날 수 있다. 나의 호흡을 매일, 깊이 만나는 여정, 그것이 요가다.

나는 림프 부종 환자다. 왼쪽 하지에서 시작한 림프 부종이 상지까지 진행되었다. 난치병이라 불리는 세 개의 암과 불치병이라 불리는 림프 부종과 동거한 지 10년이 지났다. 무엇보다 나는 '불균형 덩어리'다. 균형을 회복하기가 무섭게 불균형이 되는 몸을 갖고 있다. 그럼에도 거뜬히 일상을 영위하고 있다. 〈균형 요가〉 덕분이다.

〈균형 요가〉는 아사나를 수련하면서 프라나야마와 프라티야하라를 연습하는 시간이다. 눈에 보이는 아사나를 중심에 둔다는 점에서 〈인문 요가〉와 〈명상 호흡법〉과 다르다. 균형 있고 기분 좋은 자세는 마음의 평정을 가져다준다. 몸을 훈련하여 마음을 닦기, 그것이 내가 진행하는 〈균형 요가〉다.

힌두교 3대 경전으로 꼽히는 『바가바드 기타(Bhagavad Gītā)』는 '인내'를 '크샨티(Kshanti)'라고 부른다. 절제, 지구력, 자제력이다. 요가에서 '우직'과 '인내'는 영적인 길을 동행하는 단짝이다.

요가가 대중화하면서 '아사나'가 요가 8단계의 하나라는 것을 아는 이들이 많아졌다. 쉬는 동작 또는 쉽고 편안한 동작으로 여기는 '서고'(타다아사나, 산 자세) '눕는'(사바아사나, 송장 자세) 상태에서 요가를 깊이 체험하는 분도 있다.

요가는 몸의 균형, 수축과 이완, 호흡의 흐름을 살피는 것이다. 요가를 수련하다 보면 '어긋나 있는' 나를 만난다. 그때는 '가만히 바라보는 것'이 필요하다. 여유로운 마음으로 머리부터 발끝까지 몸을 주시하면 '나'를 편하게 만나지 못했던 '과거의 나'를 떠올리게 된다.

울어야 산다! 나는 수업 시간에 마음껏 울게 한다. 눈물은 평정을 되찾게 한다. 인문학자 최진석 교수는 '인문(人文)'이란 '인간이 그리는 무늬'라고 정의한다. 인문이 요가와 만날 때 우리는 따뜻한 존재가 된다. 사바아사나에 평온함이 스며든다. 요가를 다시 만난 루나 님에게 어느 수강생의 고백과 함께 반가움을 전한다.

— 선생님, 요가를 하며 우직하게 나를 사랑하게 되었어요.

프라나야마는 '호흡의 기술'이다.

생명의 바퀴를 돌리는 중심축이다.

호흡이란 자연스럽게 우리 몸에 흐른다.

요가는 조급해 하거나 서두를 필요가 없다.

개인 능력과 신체 한계에 맞춰

서서히 조절하면 된다.

요가의 목적은 마음을 조절하고 안정을 얻는 데 있다.

나의 호흡을 매일, 깊이 만나러 가는 여정,

그것이 요가다.

알아차려요, 싱잉볼과 부장가아사나

수련장에 종소리가 침잠한다. 싱잉볼(Singing bowl) 소리다. 싱잉볼은 '노래하는 그릇'이라는 뜻으로, 히말라야의 명상 도구다. 싱잉볼 소리는 인간의 뇌파를 알파파 이하로 떨어뜨린다고 하는데 듣고 있으면 마음이 편안해진다.

오늘, 선생님은 '고(苦)'를 이야기하셨다. 인간은 '고'를 가졌지만 그것을 느끼는 강도에 차이가 있다. 온전히 알아차리기, 조금 알아차리기, 조금 느끼기, 알아차리지 못하기, 느끼지 못하기……. 그 차이를 생각한다. 요가에 대해, 지금 이 순간에 대해, 나의 '고'에 대해.

나는 어디쯤 온 것일까. '고'를 안다는 것은 '몸과 마음의 상태를 깊이 아는 것'이다. '나를 온전히 바라보는 경지'에 이르는 그날을 소망한다.

오늘, 나의 '고'는 부장가아사나(Bhujangasana, 코브라 자세)다. 이 '고'만큼은 분명히 알겠다. 엎드려 두 손을 가슴 옆에 짚고 팔을 펴면서 어깨에 힘을 빼고 귀와 어깨가 멀어지는 걸 느끼라고 하지만 나에겐 무리다. 어떻게 이 동작에서 어깨에 힘을 뺄 수 있단 말인가. 몸을 지탱하는 두 팔이 부들부들 떨린다.

머리를 들고 어깨를 내릴수록 팔에 힘이 들어간다. 코브라처럼 유연하게 휘어져야 할 허리는 널빤지가 뻣뻣하게 덮여 있는 듯하다. 그 면적만큼 고통이 느껴지고 호흡이 멈추는 것 같다. 아니, 호흡을 느낄 새도 없다. 허리 통증이 심해서 털썩 엎드리고 싶다. 설상가상 다리마저 저려온다. 하지만 어쩌랴. 꾹 참는 수밖에. 이런 내가 가엾다. 선생님 말씀처럼 '이렇게 비뚤어지고 막혀서 살아가고 있었'다.

오늘, 나는 여기까지 알아차렸다.

우리 몸은 물[水]로 이루어져 있다. 그래서 싱잉볼의 진동에 섬세하게 반응한다. 싱잉볼 소리는 몸속 깊숙이 들어와 울린다.

수련 시간에 싱잉볼을 들려주면 어떤 수련생은 평온을 찾고 어떤 수련생은 고통스러워한다. '조화'의 차이다. 둥근 볼의 미세한 파동이 몸과 마음에 전해질 때 균형을 유지하는 사람은 편안하고, 호흡이 거칠고 교감 신경이 활성화된 사람은 고통스럽다. 몸은 참 정직하다.

부장가아사나는 척추와 골반에 깊은 숨이 흐르게 돕는 동작이다. 등과 허리, 척추에 문제가 있는 사람은 강한 통증이나 불편함을 느낀다. 척추와 골반의 숨길이 막혀 있기 때문이다. 그것을 알아차리는 것이 요가의 시작이다.

미국에서 태어나 영적 스승으로 불리는 아디야 샨티는 "알아차림은 역동적인 것"이라고 말한다. 일상의 모든 순간을 '알아차림'할 때 은혜와 감사, 사랑이 일어난다고 강조한다.

우리가 움직이는 것은 그래야 한다고 생각해서 움직이는 게 아니다. 그것이 흐르고 싶어 하는 자연스러운 길이 있어서 움직이는 것이다. 마찬가지로 정적인 상태라고 반드시 고요한 것은 아니다. 움직이는 명상이건, 정적인 명상이건 모두 '자연스러운' 알아차림이다.

우리는 고통이나 긴장을 부정적으로 여긴다. 그러나 그것은 '알아차림'을 위한 신호다. '아힘사'에 주목하자. 아힘사는 살아 있는 생물에 대한 불살생, 비폭력, 동정, 자비를 말한다. 요가 수행자의 필수 덕목이다. 있는 그대로! '진정한 깊은 사랑'으로 고통을 안아줘야 한다.

부장가아사나를 편안하게 유지하는 수련생들을 보며 극심한 통증이 사라지지 않아서 속상했던 나를 떠올린다. 다행히 요가를 만나 고통을 호흡으로 치환하게 되었다. 마시고 있구나, 내쉬고 있구나, 숨 쉬고 있구나…… 부장가아사나를 힘들어하는 수련생도 있다. 그들에게 나는 '고통을 가늠할 수 있는 몸에 감사하라'고 말한다. 고통을 줄이려고 미니(팔꿈치를 굽힌) 부장가아사나를 제안하기도 한다.

요가는 고요와 평온을 만나는 여정이다. 그 여정을 멈추지 않으면 척추, 골반, 어깨, 등을 건강하게 만드는 부장가아사나의 활력과 깊은 자유를 만날 것이다. 넓게 멀리 퍼졌다가 가슴 깊은 곳으로 전해지는 싱잉볼의 울림이 그 '알아차림'의 순간을 응원해줄 것이다.

요가 여행을 떠나요

오늘 〈인문 요가〉의 화두는 '당신은 늘 당신만을 상대하며 살고 있습니다'이다. 선생님과 수련생들의 대화가 오가는 중에 수카 아사나(Sukhasana, 편하게 앉은 자세) 동작을 유지하던 다리에 쥐 가 났다. 오른발을 안으로 당기고, 다시 왼발을 안쪽으로 당기다 가 급기야 다리를 쭉 펴고 말았다.

아쉬탕가 수련을 하며 좀처럼 말을 듣지 않는 내 몸을 바라본다. 가만히 서 있거나 등을 곧게 펴는 것도 힘겨워하고, 심지어 바르 게 누워 있는 것조차 아파하는 몸. 그동안 잘난 척 살아온 게 고 작 이것이란 말인가.

한숨을 내쉬며 수련생들을 관찰한다. '저 사람은 정말 날씬하구 나. 반성! 다이어트 시작!' '저 진회색 매트가 좋아 보이네. 나 도 개인 매트를 살까?' '저 요가복은 처음 보는 디자인인데?' 오 늘도 수련에 집중하지 못한 채 온갖 생각에 사로잡힌다.

요가를 다시 시작한 나는 갈 길이 구만 리다. 신발 끈을 단단히

묶는다. 오래 걸리겠지만 언젠가는 도착하겠지. 비루한 몸을 이끌고 걷다 보면 나만을 상대하던 나를 넘어 다른 사람의 여정을 감상하는 여유도 생기지 않을까. 그리고 그 길에서, 좀 더 새로워진 나를 만날 수도 있을 것 같다.

"요가 여행은 어쩌면 당신의 요가 생활에서 경험해보지 않은 매우 도전적인 — 하지만 무척 특별하고 보람 있는 — 수련의 모험이 될 수도 있습니다. 이 여행은 인내하기 힘들 때 인내해보자고, 화가 부글부글 끓을 때 부정적인 마음을 놓아버리자고, 자기 자신이나 다른 사람을 향한 머릿속 판단의 목소리를 그쳐보자고, 친절하거나 너그러울 수 없다고 느낄 때 그렇게 해보자고 요청할 것입니다."

— 키노 맥그레거, 『요가 수업』

요가 여행을 떠나는 루나 님을 환영한다. 떠돌이, 유목민, 동에 번쩍 서에 번쩍, 홍길동이라 불렸던 나의 20대가 생각난다. 젊은 날의 나는 틈만 나면 여행을 다녔다. 어느 날 '요가는 집으로 가는 길'이라는 글귀가 마음을 파고들었다. '여행 중독'에 가까웠던 내가 애타게 찾은 것은 바로 '집'이었다.

그날 이후 나에게 요가는 여행이 되었다. 요가 여행은 새로움과 설렘의 연속이다. 그 여행에서 나는 '집'을 만난다. 서울 한복판을 방황하던 이방인을 만나고, 겉으로는 당당했지만 공허함으로 가득했던 사이판의 여행자를 만난다. 일주일 뒤 암 진단을 예견했던 것일까. 그리운 친구를 찾아 헤매던 일본의 여행자를 만난다.

그렇게 '온전함'을 사랑하니 '온전하지 않음'을 사랑할 수 있는 여유가 생겼다. 어떤 사람을 만나든지, 어떤 상황이 펼쳐지든지 있는 그대로 받아들이는 내면의 여유로움. '산토샤(만족)'를 내 것으로 만들 수 있었다.

"당신은 늘 당신만을 상대하며 살고 있습니다"라는 말의 의미를 이해한 것도 그때였다. 수련생들과 이 글을 나눌 때마다 자신을 '불편'해하는 이들이 많다는 걸 실감한다. 먹고살 만한 세상이 되었지만 마음이 아픈 사람들이 넘치는 까닭이리라.

　"영적으로 자유로운 인간의 과제는 다섯 가지 자질에 따
　라 사는 것이다. 그것은 용기, 생명력, 올바르고 유익한 기
　억, 현재의 순간에 살아 있음으로 인해 얻을 수 있는 자각,
　그리고 자신의 행위에의 완전한 몰입이다. 영적인 성숙은

생각 자체와 그 생각에 수반되는 행위 사이에 아무런 차
이가 없을 때 이루어진다."

— B.K.S. 아헹가,『요가 수행 디피카』

지혜를 만나요, 수카아사나

조금 일찍 수련장에 도착했다. 발레리나처럼 가냘픈 몸매를 가진 수련생이 먼저 도착해 있었다. 그분과 함께 매트를 깔았다. 오늘 수련은 "'참 나'를 찾으려면 어떻게 해야 할까요?"라는 화두로 진행되었다. 명상 책을 읽으며 내면을 돌아보는 분, 호흡을 들여다보며 수련하는 분의 이야기가 와 닿았다. 임플란트 시술을 마치고도 수업을 빼먹지 않은 분도 있었다. 수술실 침대를 매트 삼아 '마시고 있구나, 내쉬고 있구나' 호흡에 집중했다는 말에 입이 딱 벌어졌다.

수련생들의 흥미로운 에피소드에 감동받으면서도 수카아사나 자세를 유지한 내 다리는 또 쥐가 났다. 그것도 모자라 사막에서 스카프를 휘날리며 춤추는 상상까지 했다. 이놈의 잡념이란……. '참 나'는 어디에 있는 걸까, 어떻게 찾아야 하는 걸까. 이런 시간을 되풀이하면 알게 되겠지?

'수련생들과 둘러앉아 이야기를 나누는 게 무슨 요가야?' 속으로 볼멘 생각을 한 적도 있었다. 움직임 없이 수카아사나 자세로

한 시간 동안 듣고 말하는 시간이 불편했다. 새벽부터 일어나 출근하고, 온종일 일하고 저녁식사도 못하고 요가를 하는데 추상적인 질문을 던지곤 대답을 요구하는 선생님이 원망스러웠다. 몸도 마음도 열리지 않은 내가 이렇게 요가를 배우는 게 맞는지 혼란스러웠다.

그럼에도 내 발걸음은 수련장을 향했다. 선생님과의 의리 때문일까, 시작하면 끝을 보는 성격 때문일까? 아니다. 내가 아직 깨닫지 못한 무언가가 존재한다는 것을 희미하게 느끼기 때문이리라.

그래서 오늘도 나는 수련장으로 향한다. 인생은 그렇게 흐른다.

오늘 〈인문 요가〉에서는 데바 프레말의 〈가야트리 만트라〉라는 노래를 들으며 삶에 필요한 '지혜'에 관한 대화를 나누었다. 노래를 처음 들어본 루나 님이 '사막에서 스카프를 휘날리며 춤추는 상상을 했다'는 말에 깜짝 놀라 앨범 사진을 보여주었다. 풍요와 지혜의 여신 '가야트리'를 설명하지 않았는데도 사막, 스카프, 춤의 조화 속에서 가야트리를 만나고 온 것이다.

가야트리 만트라는 다음과 같다.

Om Bhur Bhuvah Sw(v)ah 옴 부르 부바하 스바하

Tat Savitur Varenyam 땃 샤비투르 바레니얌

Bhargo Devasya Dheemahi 바르고 데바샤 디마히

Dhiyo Yo Nah Prachodayat 디히요오 요 나 프라초다얏

오, 신이시여! 당신은 생명을 주시는 분이고,
고통과 슬픔을 지워주시는 분이며,
행복을 주시는 분입니다.

오! 우주의 창조자시여,

우리가 죄를 파괴하는 최상의 빛을 받게 하소서,

우리의 지성을 올바른 방향으로 이끌어주소서.

오늘 루나 님은 지성의 몸인 '비즈나나(Vijnana)'에서 지혜를 만났다. 그 몸으로 지금까지 몰랐던 '나'를 발견했으며, 스승에게 종속된 '육체를 위한 요가'를 넘어선 것이다.

수카아사나는 양반다리로 바닥에 앉는 것이다. '바르게 앉는' 자세다. 수카아사나를 오래 수련하면 고관절, 허벅지, 무릎이 열린다. 경청은커녕 수카아사나를 유지하는 것조차 힘들어 하던 수련생들이 어느새 편안한 자세로 세상과 소통하는 모습이 경이롭다.

요가는 다리에 쥐가 나고 애승의 감성을 만나는 시간이 아니다. 우리네 인생처럼 자연스럽게 흐르는 여정이다. 나마스테!

　"숨은 모든 것과 연결되어 있다. 인생을 이완시키는 것도 경직시키는 것도 숨 쉬는 자세에 달려 있다. 무리하지 않고, 나답게, 편안한 자세로 사는 일, 좋은 삶을 꾸리는 열쇠라고 믿는다. 너무 편하게 말고, 너무 애쓰지 말고, 자연에 맞춰 천천히 살기로 하면 우리가 품고 있는 많은 문제들이 해결되지 않을까?"

— 박연준, 『인생은 이상하게 흐른다』

순간순간이 요가예요, 단다아사나

틱낫한 스님의 말씀이 셰르파 선생님의 목소리를 통해 울려 퍼지는 수련장. 오늘도 나는 이곳에 누워 있다. 요가를 할수록 요가는 특별한 것이 아니라는 생각이 든다. 숲을 산책하다가 두고 온 집을 걱정하는 마음, 집으로 돌아가 정돈하는 마음이 요가일지 모른다.

생각이 통한 것일까. 선생님은 우리가 살아가는 '순간순간'과 눈에 보이거나 보이지 않는 '구석구석'이 모두 요가라고 얘기해주셨다. 모든 삶이 요가요, 모든 마음이 요가이리라. 이제 나는 모든 것을 '요가의 마음'으로 받아들인다.

오늘 선생님은 삶을 살아가며 마음에 '섬' 하나를 두라고 당부하셨다. 그 섬에서 자아를 보듬고 일상을 견디는 에너지를 얻자고 하셨다. 수련생들은 '요가 수련'이 '섬'이라고 고백했다. 나는 나른한 아침을 깨워주는 '커피'와 퇴근 후 '맥주'가 '섬'이라고 말하며, 수련생들과 함께 웃었다.

선생님은 실체가 있는 '무엇'이 '섬'이 되지 않아도 된다고 하셨다. 집중하고 호흡을 바라보면 에너지가 생겨나는데, 그 순간 우리는 어떤 상황에서도 완급을 조절하고 즐길 수 있다고 설명하셨다.

오늘도 내 다리는 쥐가 났다. 나에게 단다아사나(Dandasana, 막대자세)는 힘들고 아프다. 발목에 힘을 주어 앞으로 편 두 다리는 덜덜덜 떨리고 꼿꼿하게 펴야 할 허리는 둥글게 휘어진다. 골반 옆으로 손바닥을 펴서 지탱하는 팔도 아프다. 마음을 가다듬고 허리에 힘을 주고 등을 세워보지만 그것도 잠시, 금세 허리가 불편해지고 등과 어깨에 통증이 밀려온다. 거울이 있다면 힐끗 보고 싶다.

지금 나는 직각 자세(ㄴ)로 앉아 있을까? 아마도 '알파벳 C'의 아랫부분이 길어진 모습일 테다. ㅡ래도 되새긴다. 순간순간이 요가다. 구석구석이 요가다. 이 아픔과 저림도 요가다.

틱낫한 스님의 『지금 이 순간이 나의 집입니다』라는 책에는 「바람에 묻힌 오두막」이라는 글이 실려 있다. 모든 것이 엉망일 때 눈, 귀, 코, 혀, 몸, 마음의 여섯 문을 닫고 거센 바람이 들어와 우리 방을 어지르지 못하게 하라고 스님은 말씀하신다. 불을 피우고 마음을 챙기고 숨 쉬며, 따뜻하고 차분하고 아늑한 감정으로 모든 것을 껴안으라고 당부하신다.

스님의 말씀처럼 모든 것을 '있는 그대로' 허용하면 편안해진다. 우리를 짜증나게 하는 날씨도, 교통체증도 있는 그대로 만날 수 있다.

당연한 얘기지만 요가를 처음 하는 사람은 동작이 어렵다. 그래도 단다아사나 같은 간단한 동작으로 가만히 앉아 호흡을 관찰하는 연습을 꾸준히 해야 한다. 단다아사나는 다리를 뻗고 앉아 상체를 세우는 동작이다. 옆에서 보면 한글 'ㄴ'과 닮았다. 엉덩이 좌골 토대가 중요하다. 좌골이란 앉았을 때 엉덩이 아래에 만져지는 동그랗고 큰 뼈인데, 이 부분을 매트에 온전히 뿌리내리고 손바닥은 매트에 편안하게 올려놓는다. 이 동작을 오래 유지하면 많은 동작이 가능해진다. 모든 것이 자연스럽고 편안해진다.

'순간순간이 요가다' '구석구석이 요가다'는 요가 수련을 하며 터득한 깨달음이다. 매일 수련하며 변화하는 나를 만나기, 그것이 요가 수련의 재미다.

나는 매일 아침 사과를 먹는다. 거실로 들어오는 밝고 따뜻한 햇살을 맞으며 사과를 먹는 그 시간을 좋아한다. 그 전에는 그렇지 않았다. 맛을 느끼지 못한 채 사과를 급하게 먹고 해가 들어오지 않는 날씨를 불평했다. 감사할 줄 모르고 집중하지 않았다. 요가 수련에 집중할수록 아팠던 몸과 마음이 보였다. 그 아픔이 약이었다. 수련은 아픔과 함께 나를 지금-여기에 집중하게 해준다.

산스크리트어로 '브라마차리야(Brahmacharya)'라는 말이 있나. '야마'의 하나로 '절제'나 '금욕'을 뜻한다. 육체와 말과 마음을 절제하여 생명력을 보살피고 온전한 건강을 기르는 덕목이다. 틱낫한 스님의 말씀을 전한다.

"가르친다는 건 말로만 되는 게 아닙니다. 그 사람이 어떻게 사느냐, 그것이 그의 가르침입니다. 나의 삶이 내 가르침이요, 나의 삶이 내 메시지입니다."

— 틱낫한,『지금 이 순간이 나의 집입니다』

단다아사나는 다리를 뻗고 앉아

상체를 세우는 동작이다.

옆에서 보면 'ㄴ'과 닮았다.

이때 중요한 것은 엉덩이 좌골 토대다.

앉았을 때 엉덩이 아래에 만져지는

동그랗고 큰 뼈를 매트에 온전히 뿌리내리고

손바닥은 매트에 편안하게 올려놓는다.

이 동작을 조금씩 늘리면 많은 동작이 가능해진다.

모든 것이 자연스럽고 편안해진다.

〈인문 요가〉란 무엇인가요?

무덥고 지루한 여름이 끝나갈 즈음 〈인문 요가〉 수업을 접했다. 인
문 요가? 요가를 알지 못하는 나는 단순히 명상 수업으로 여겼다.

형광등 불빛이 따뜻하게 비치는 수련장에 7-8명 남짓 수련생들
이 원형으로 매트를 깔고 눕는다. 수련생들은 사바아사나 자세
로 선생님을 기다린다. 선생님이 수련장에 들어오면 불을 끄고
음악을 들려준다. 마음이 편안해지는 아로마 향을 뿌리기도 한
다. 잔잔한 음악과 더불어 선생님은 삶, 철학, 건강, 가치관을 주
제로 낭독한다. 낭독이 끝나면 오늘의 화두를 제시하며 수강생
에게 질문을 던진다.

수련으로 다져진 내공에서 우러난 목소리와 표정. 선생님의 깊
은 에너지에 수련생들은 동화되어간다. 아사나를 하지 않고 선
생님과 수련생들의 대화만으로 진행되기도 하고, 호흡을 바라보
며 눈을 감고 집중하기도 한다.

경청과 발표는 수카아사나 자세로 진행된다. 한 시간 동안 수카

아사나 자세로 앉는 것이 힘든 나는 다리가 저려 들썩거린다.

나에게 요가는 운동이었다. 몸매가 드러나는 레깅스를 입고 몸을 쭉쭉 늘려 땀을 빼고 유연성을 기르는 운동. '저, 요가 배워요' 라고 말하면 사람들도 '날씬해지고 유연해지겠네요'라고 답한다. 선생님을 다시 찾은 것도 '요가'라는 '운동'을 하기 위해서 였다. 요가는 수영, 헬스 트레이닝, 필라테스를 물리치고 선택한 '운동'이었다.

그러나 〈인문 요가〉 수업을 통해 내가 알고 있던 요가가 얼마나 얕고 좁은 것이었는지 알게 되었다. 몸을 격렬하게 움직여야만 건강해지는 게 아니라는 것도 알았다. 아사나를 아름답게 하는 것보다 호흡을 바라보고 집중하고 발과 손의 토대를 느끼는 것이 중요하다는 사실을 배웠다.

요가를 배우는 대부분의 사람들은 아사나를 아름답고 유연하게 구현하는 데 목적을 둔다. 하지만 요가의 8가지 중 '아사나'는 하나의 '가지'에 지나지 않는다. 다른 요소가 일곱 개나 더 있다.

물론 나는 여전히 요가를 잘 모른다. 네모난 매트에서 나의 내면이 존재하는 소우주를 만나는 것. 그것이 요가가 아닐까, 라고 조금씩 느낄 뿐이다.

6년 전, 신세계백화점아카데미에 〈인문 요가〉 수업을 제안했을 때 바로 거절당했다. 하지만 나는 포기하지 않았다. 언젠가 때가 오리라 믿고 기다렸다. 마침내 2년 전, 물 흐르듯 〈인문 요가〉 수업이 개설되었다.

사람들은 여전히 〈인문 요가〉를 낯설어한다. 첫날 수업을 듣고 수강을 취소하는 사람도 있다. 그럼에도 내가 수업을 지속하는 까닭은 요가 수련자로서 '진짜 요가'를 전달하고 싶은 바람에서다. 요가는 '동작'만 배우는 게 아니다. 운동을 넘어 눈에 보이지 않는 중요한 것이 많음을 나누는 시간이다.

요즘 사람들은 유튜브 실시간 방송으로 요가를 접한다. 사람들은 동작을 중심으로 설명하고, 요가를 마치면 무언가를 얻는다는 메시지를 안겨주는 채널을 좋아한다. 그래서일까. '매일 수련'과 '경청'을 키워드 삼아 요가를 전달하는 〈인문 요가〉는 인기가 없다. 그러나 요가는 '매일 가만히 앉아' 나의 '호흡 소리를 들으며' 숨이 흐르는 '몸을 가만히 바라보는 것'이다. 그 힘으로 세상을 유연하고 활기차게 만나는 것이다. 매일 자신을 어떻게 만나고 소통하느냐에 따라 삶의 질이 결정된다. 요가는 그 과정을 돕는다.

요가 동작은 '요가의 여덟 가지 길' 중 하나다. 여덟 가지 길을 잘 걸으려면 요가를 통해 나와 세상을 '어떻게' 만나느냐가 중요하다. 〈인문 요가〉 수업은 그것을 연습하는 시간이다. 나의 호흡을 가만히 바라보고 표현하는 것이다. 그 호흡이 그리는 다양한 무늬를 경청하는 것이다.

매일 수련과 경청을 토대로, 언뜻 쓸모없어 보이는 〈인문 요가〉를 지도하는 나로서는 아즈마 히로키가 『철학의 태도』에서 들려주는 말이 반갑다.

"우리는 어떤 책을 읽고 싶으면 인터넷에서 즉시 찾을 수 있다. 하지만 서점이나 도서관이라면 어떨까. 그곳에는 내가 읽고 싶은 책이 반드시 있지는 않다. 그 책을 찾으며 전혀 다른 책에 관심을 가질 수 있고, 뜻밖의 친구를 만날 수도 있다. 이것이 쓸모없음이다. 이런 쓸모없음이 사라진 세계에서 사람은 처음에 자신이 마음먹은 것 이상의 무엇과 마주치거나 만나지 못한다. 그런 세계에 진정한 의미의 창조나 사유는 없다. 나는 그런 쓸모없는 경험을 할 수 있는 장소를 만들고 싶은 것이다.”
— 아즈마 히로키, 『철학의 태도』

요가를 수련해도 행복하지 않고 구성원들과의 관계가 원만하지 않은 것은 요가를 제대로 수련하지 못해서이다. ‘훔치지 않는다’는 뜻의 ‘아스테야’가 이기심과 시기심으로부터 우리를 인도해줄 것이다. 마음, 생각, 시간, 노력······ 다른 사람의 소유물을 훔쳐서는 안 된다.

요가가 좋다면 아스테야를 실천해보자. 이는 가만히 듣는 것에서 시작된다. 나와 타자를 있는 그대로 바라보는 것이다. 가만히 앉으라! 그 시간이 쌓이면 내가 원하는 것을 찾아 이곳저곳을 기웃거리는 일이 줄어들 것이다.

아사나를 아름답게 하는 것보다
호흡을 바라보고 집중하고
발과 손의 토대를 느끼는 것이 중요하다.
나는 여전히 요가를 알지 못한다.
네모난 매트에서 나의 내면이 존재하는
소우주를 만나는 것,
그것이 요가가 아닐까.

에너지를 바꾸어보아요

파도 소리와 갈매기 울음이 어우러진 음악을 들으며 『갈매기의 꿈』의 조나단처럼 바다 위를 날며 꿈을 찾아가는 나를 상상한다. 넓은 바다를 노니는 자유로운 조나단을 그리다가 갈매기 소리에 집중하며 로맹 가리의 『새들은 페루에 가서 죽다』를 떠올린다. 바다를 날던 새들은 페루의 바다에서 죽었을까. 새들의 시체가 즐비하게 널린 바다를 묘사한 페이지가 연상된다. 음악 속에서 나는 꿈과 죽음에 대한 몽상을 이어간다.

오늘 경청 수련은 실패했다. 선생님의 낭독에 집중할 수 없었다. 전체 흐름을 파악하며 경청해야 하는데 맥을 놓치고 말았다. '에너지의 바꿈'이라는 표현만 기억에 남는다. 내 안에 남은 기억 한 조각이 생각난다.

신뢰하던 사람이 있었다. 믿고 의지하고, 마음을 다해 좋아했다. 다소 냉정하고 이기적인 내가 한 사람을 전적으로 믿을 수 있다는 사실이 믿기지 않을 정도였다. 그런데 어떤 일이 벌어졌고, 나는 절망에 빠졌다. 많은 날을 먹지도 잠들지도 못했다. 그리고 깨달았다. 그동안 내가 만든 허상 속에서 행복해하고 아파했다는 사실을. 그와 나의 관계는 내 마음과 에너지가 만든 상상이었다. 다행히 나는 바닥까지 내려가 알아차렸다.

계절이 바뀐 어느 날, 마음이 말끔해졌다. 고요해졌다. 에너지를 알아차리고 이끌어내기. 슬프고 기운 없는 에너지에서 벗어나 담담하고 평온한 에너지를 만나기. 해답은 내 안에 있었다. 나는 오래전부터 요가를 해왔는지 모른다.

오늘 〈인문 요가〉에서는 조 디스펜자의 『당신도 초자연적이 될 수 있다』를 중심으로 몸의 에너지에 관한 이야기를 나누었다.

> "사람은 에너지가 변하지 않는 한 절대 변하지 않는다. 이것은 내가 오랫동안 개인들의 변형에 대해 가르치면서 알게 된 사실이다. 사실 에너지가 변하고 있는 사람이라면 그것에 대해 말하기보다 그것을 몸소 보여준다. 말없이 변화하는 삶을 살아간다. 그러려면 자각하고, 의도하고, 현재에 머물고, 내면 상태에 끊임없이 주의를 기울여야 한다. 어쩌면 불편함을 느끼고 또 불편함과 친해지는 일이 가장 힘든 일인지도 모른다. 하지만 성장하고 싶다면 불편함은 늘 겪어야 하는 일이다. 불편함을 느끼기에 살아 있음도 느낀다."
> — 조 디스펜자, 『당신도 초자연적이 될 수 있다』

나는 요가 수행자의 윤리 지침인 '니야마' 가운데 '사우차'와 연결 짓는 이 대목을 좋아한다. 사우차는 청결과 정화다. 사우차를 실천하면 균형이 회복된다. 목욕 후 느끼는 상쾌함을 떠올려보자. 몸과 마음이 정화된 상태에서 수련에 임하는 것은 모두를 위한 행동이다. 음식을 허겁지겁 먹거나 청결하지 못한 상태에서 수련하면 다른 사람에게 불편함을 안겨준다. '에너지의 바꿈'은 사소한 부분에서 시작한다.

사람들은 SNS(소셜 네트워크 서비스)로 활발하게 의사소통한다. '좋아요'를 누르고 댓글을 쓴다. 댓글만 보아도 그 사람의 에너지를 알 수 있다. 같은 맥락에서 나는 '수련 일지'를 권한다. 자기 세계에 사로잡힌 사람은 요가 수련에서 그 점이 고스란히 드러난다. 내가 어떤 사람인지 알려면 수련 일지를 적어보자. 자신이 어떤 표현을 즐겨 쓰는지 살피다 보면 '나는 누구인가'를 알게 된다. 내가 긍정적인 사람인지 부정적인 사람인지 그대로 나타난다.

자기 제어, 고행을 뜻하는 '타파스'도 에너지의 바꿈을 설명하는 요긴한 단어다. 몸, 말, 마음의 정화를 의미하는 '사트바적 타파스'는 요가의 본질에 가장 가까운 마음의 타파스다. 사트바적 타파스는 내면에 끊임없이 주의를 기울이며 고요하고 평온한 마음을 유지하는 노력이다. 그 상태로 모든 감각을 내면으로 회수하면 에너지를 바꾸고 자신을 변화시키며 세상을 바꾸는 힘을 얻을 수 있다.

아사나 수련을 이어가며 호흡을 관찰하기, 삶의 어려움을 그대로 수용하기, 한결같은 수련과 자기 이해로 조화를 이루기, 어떤 일에도 동요 없이 인내하기. 자신에게 주어진 삶을 묵묵히 살아내는 이 모든, 부드러우면서도 견고한 힘은 '내 안'에 있다.

세렌디피티는 그냥 오지 않아요

퇴근길, 대형 마트에서 커다란 플라스틱 상자에 담긴 냉동 차돌박이와 비닐 포장에 담긴 상추와 채소, 그리고 묶음 할인을 하는 지퍼 백을 샀다. 집에 돌아와 쇼핑한 물건들을 지퍼 백에 담아 냉장고에 넣으면 한 무더기의 비닐 포장지와 플라스틱 쓰레기가 남는다.

나는 오늘도 많은 쓰레기를 만들었다. 외면하고 싶은 진실이다. 출퇴근길, 운전하며 공기를 오염시켰다. 여러 장의 물티슈와 휴지를 쓰고 버렸다. 이렇게 많은 쓰레기를 만들면서 죄책감 없이 고기를 먹는다. 그러고는 '지구야, 미안해'라고 말하는 내가 가식적으로 다가온다. 차라리 아무 생각을 하지 말든가, 고기를 먹지 말든가.

한동안 인스턴트 음식만 먹고 지낸 적이 있다. 힘을 들이지 않고 간편하게 식사를 해결했다. 즉석 밥, 라면, 냉동만두…… 3분이면 뚝딱 만들어지는 한 끼 식사에 길들여졌다. 그런데 식사를 해도 속이 편하지 않고 헛헛했다. '내가 먹는 음식이 나의 모습이다'라는 어느 책의 구절이 머리를 스쳤다. 부엌에 쌓여 있는 즉석 밥을 물끄러미 바라보았다. 내가 먹는 음식처럼 나는 '대충대충' 살고 있었다.

그날 이후, 나는 나를 바꾸기로 했다. 공 들여 요리하지 않더라도 쌀을 씻어 밥을 짓고, 달걀 프라이를 얹은 간장 밥이라도 만들어 먹었다. 쓰레기를 최소한으로 줄이는 법을 고민했다. 가급적 채식을 할 것, 좀 더 가볍게 살 것, 버리고 비우며 살 것을 다짐하고 실천했다. 좀 더 간결하게 살기로 했다. 그리고 요가를 시작했다.

이제 나는 단골 카페에 갈 때마다 텀블러를 챙긴다. 반찬통을 챙겨 김밥 집을 찾는다. 출근하지 않는 주말에는 대중교통을 이용한다. 음식을 남기지 않으려고 한다. 비닐 팩을 재활용한다. 매일 요가 수련을 한다.

이런 나의 노력을 알아주신 걸까. 오늘 수련에서 선생님은 '무위(無爲)는 정교한 인위(人爲)다'라는 문장을 소개해주셨다. 우리는 '내가 하지 않는 것'으로 이야기를 나누었다. 나는 미니멀 라이프를 동경하지만 '버리고, 쇼핑하고'를 반복하고 있다고 고백했다. 불필요하다고 생각되는 일은 하지 않는다, 말을 많이 하지 않는다, 부정적인 감정에 빠지지 않는다는 말도 덧붙였다. 수강생들도 유행을 따르지 않는다, 다른 사람 탓을 하지 않는다, 무리하지 않는다, 내 생각을 고수하지 않는다 등의 의견을 내놓았다.

'무위'라는 말을 떠올린다. 자연에 따라 행하고 인위를 가하지 않는 것. 태어날 때의 모습을 알아차리고 자연과 하나 되는 상태. 무위는 그냥 얻어지지 않는다. 절제된 인위를 소리 없이 쌓아야 한다. 구체적인 계획을 세워 '인위'를 발휘해 미니멀 라이프(무위)를 얻어야 한다. 수련이라는 '인위'를 발휘해 요가(무위)를 얻어야 한다.

나도 모르게 차곡차곡 쌓아온 태도와 행동이 어느 날 갑자기 내 곁을 찾아올 것이다. 내 곁에 맴도는 세렌디피티(Serendipity)를 기쁘게 알아차릴 때 삶은 날라실 것이다. 나도 주변을 찬찬히 돌아보는 사람이 되고 싶다. 언제 세렌디피티를 만날지 모르니 말이다.

루나 님은 '욕심쟁이'다. 이미 세렌디피티를 만났지만 자신의 성장과 타인을 향한 사랑을 멈추지 않으니까 말이다.

오늘은 '무위는 정교한 인위다'라는 배철현 교수의 말을 나누었다. 무위는 연습과 훈련, 시행착오와 수정, 자기 점검과 자기 변화를 거쳐 도달하는 세렌디피티라는 그의 말을 음미했다.

세렌티피티는 '심플한 삶에 만족하기', 즉 '산토샤'다. 하지 않는 것이 깊어지면 뜻밖의 재미를 발견하고 만족을 경험한다. 우리는 미니멀 라이프로 대화를 이어갔다. 정리하고, 버리고, 사고…… 우리는 '미니멀 라이프 3종 세트'로 몸살을 앓는다. 유행이 되어버린 미니멀 라이프를 보며 도대체 무엇을 정리하고 버리는지 묻고 싶다.

법정 스님의 '무소유'를 되새긴다. 나는 소유할 일이 생길 때마다 '꼭 필요한가'를 묻는다. 결국 '소유하지 않기'를 선택한다. 요가에서는 아파리그라하(지나친 소유욕이 없는, 탐욕과 욕심이 없는)

을 강조한다.

미니멀 라이프란 나에게 꼭 필요한, 그리하여 나의 삶을 충만하게 해주는 것을 소유하는 삶이다. 주변이 청결하다면, 불편함이 없다면, 누구에게도 피해를 주지 않는다면 그것이 무위요, 세렌디피티요, 산토샤이다.

무언가를 '하지 않으려면' 많은 에너지가 필요하다. 시간이 흘러 습관으로 자리 잡을 때까지 '무위'를 실감하기란 쉽지 않다. 정교한 인위가 필요한 이유다. 요가를 수련하면 경청하는 능력과 집중력이 향상된다. 소통하고 공감하게 된다. 깊은 소통은 긍정 에너지를 강화시킨다. 그 에너지는 주변으로 확산된다. '사지 않기'와 '가진 것에 만족하기'를 실천하면 내가 머무는 공간은 자연스럽게 충만해질 것이다. 아무것도 하지 않으면 '야마'의 '사트야', 즉 진실과 만난다.

요가 수련자로 살아간다는 것은 '하지 않기'를 실천하는 것이다.

미니멀 라이프는 꼭 필요한 것을 소유하는 삶이다.

주변이 청결하다면, 불편함이 없다면,

누구에게도 피해를 주지 않는다면

그것이 무위요, 세렌디피티요, 산토샤이다.

'사지 않기'와 가진 것에 '만족하기'를 실천하면

내가 머무는 공간은 자연스럽게 충만해질 것이다.

아무것도 하지 않으면 진실과 조우한다.

요가 수련자로 살아간다는 것은

'하지 않기'를 실천하는 것이다.

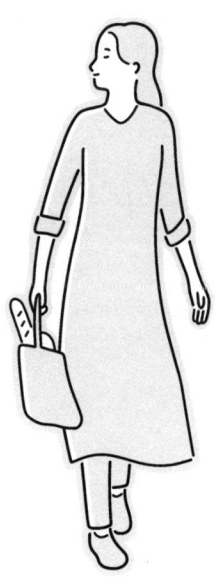

2

호흡이 중요합니다

✕

명상 호흡법

호흡을 들여다보아요

매일 숨을 쉰다. 코로 공기가 들어와 폐로 전해진다. 온몸으로 산소가 퍼진다. 다시 이산화탄소가 코를 통해 나간다. 지금 이 순간도, 밥을 먹을 때도, 잠을 잘 때도. 우리는 늘 숨을 쉰다.

— 숨을 들여다보세요. 호흡을 알아차리세요.

선생님은 말씀하신다. 처음에는 이해되지 않았다. 호흡을 어떻게 들여다보는 걸까? 숨은 그냥 쉬는 거 아닌가. 숨이 골반과 다리를 지나 발끝까지 가는 걸 느끼라는 말은 황당했다. 숨이 어떻게 발끝까지 간다는 거지?

부장가아사나, 단다아사나, 수카아사나…… 선생님은 아사나를 할 때마다 다리가 저리는 것은 숨이 막혀서 다리에 숨이 돌지 않기 때문이라고 설명해주셨다. 어떻게 해야 다리로 숨이 돌 수 있을까?

— 호흡을 느끼며 집중하면 숨이 그곳으로 내려갑니다. 숨이 그

곳으로 돌게 됩니다.

숨이 도는 게 아니라 피가 도는 게 아닌가? 혈액 순환이 되지 않아서 다리가 저리는 게 아닌가. 선생님은 왜 '숨이 돌지 않는다'고 표현하시는 걸까. 수카아사나 자세로 매트에 앉는다. '마시고 있구나, 내쉬고 있구나.' '들이쉬고 있구나, 내쉬고 있구나.' '나는 숨을 쉰다. 숨을 느낀다.' 여전히 모르겠다. 숨이 코와 폐로 들락날락하는 것만 느껴진다. 골반으로, 다리로, 발끝으로 도는 게 느껴지지 않는다.

― 그곳에 숨이 돈다고 상상해보세요. 혈액에 산소가 포함되어 있잖아요. 혈액이 순환하면 산소도 순환해요. 몸에 숨이 도는 거죠.

고민하는 내가 안쓰러운지 한 수련생이 조언해준다. 조심조심 상상해본다. '내 골반에 숨이 돈다. 내 다리에 숨이 돈다.' 선생님은 몸은 하나의 '숨통'이라고 말하셨다. 나는 '숨통'을 '숨통이 막힌다' '숨통이 끊어질 것 같다'의 '숨통(-筒)'으로 생각했다. 척추동물의 후두에서 허파에 이르는, 숨 쉴 때 공기가 흐르는 '관' 또는 '목숨, 기, 생명'이라는 사전적 의미로 받아들였다. 그런데 선생님은 물이 가득 담긴 '물통'으로 생각하라고 하셨다. '물통(-桶)'처럼 우리 몸은 숨으로 가득한 통(桶)이다.

'숨'을 느끼는 건 어려운 일이다. 몸 구석구석, 뼈와 근육 사이마다 숨이 도는 걸 느끼려면 얼마나 많은 수련이 필요할까. 그래도 '호흡'에 집중하여 나를 바라보게 되었다는 것만으로도 기쁘다.

요가 수련을 지도하다 보면 '호흡이 가장 어렵다'는 이야기를 듣는다. 살아 있음은 숨을 쉬고 있음을 의미한다. 들숨과 날숨은 저절로 몸에 흐른다. 나의 수련도 들숨의 시작과 끝, 날숨의 시작과 끝이 연결되는 것에 집중한다.

호흡을 관찰하면 몸의 세포를 만나게 된다. 내가 요가 수련으로 암과 림프 부종을 다스리며 사는 이유다. 블랑딘 칼라이스 저메인(Blandine Calais-Germain)은 『호흡 작용의 해부학』이라는 책에서 "호흡 동작 자체가 늑골, 복부, 몸통의 여러 부위를 발달시킨다"고 적었다.

'연결'과 '공간'을 생각해보자. 여기, 물병이 있다. 물통에 물이 담겨 있다. 우리가 얼마만큼 물을 채우느냐에 혹은 어떻게 기울이느냐에 따라 물의 높이는 달라진다. 우리가 호흡 관찰을 연습하는 이유다. 우리 몸은 물이 숨과 함께 담겨 있고 들숨과 날숨이 끊임없이 연결되어 흐르는 '숨통'인 것이다.

'마시고 있구나, 내쉬고 있구나.' '들이쉬고 있구나, 내쉬고 있구나.' 숨을 쉬는 어깨를 바라보면 어깨는 편안하게 숨을 쉰다. 골반에 통증이 느껴져도 눈을 감고 호흡을 알아차리면 부드러워진다. 위아래로 연결되는 고관절과 어깨 관절을 바라보면 연결된 세포들이 자연스럽게 숨을 쉰다. 몸과 마음이 편안해진다.

이처럼 요가 수련에서 '호흡 들여다보기'는 아주 중요하다. 인간의 호흡은 흉식 횡경막 호흡, 즉 확장 호흡이나 완전 호흡이다. 상체 근육을 사용하고, 척추는 물론 횡경막 주변 근육이 늘어나는 호흡이어서 오래할수록 건강해진다. 호흡이 힘든 것은 호흡근, 즉 호흡이 깊어지는 데 필요한 근력이 부족하기 때문이다. 근력, 특히 호흡근은 장수와 직결된다.

나는 '세포 하나하나가 숨을 쉰다'는 표현을 즐겨 사용한다. 그 이론적 배경을 공유하며, 옴 샨티 샨티 샨티!

"에너지 혹은 호흡으로 해석되는 프라나(Prana)는 '나디(Nadi)'라 불리는 에너지 통로를 통해 전신의 각 세포로 전달된다. 요가 경전에 의하면 인간의 몸 속에는 7만 2천여 개의 나디가 있는데, 나디를 가로막고 있는 장애물이 제거되어 몸이 정화되고 열리면 우리는 최상의 상태에 도달하게 된다. 요가 수련은 프라나를 효과적으로 강화하고, 장애물을 제거하여 프라나가 수만 개의 나디를 통해 자유롭게 흐르도록 한다."

— 자예슈와리, 티나박 외,『빈야사 요가: 움직이는 명상』

토대를 느껴요, 타다아사나

발을 모으고 똑바로 선다. 발가락에 힘을 준다. 엄지발가락을 스위치로 생각하고 누른다. 옆으로 팔을 내리고 등을 세운다. 눈을 감는다. 몸에 힘을 뺀다. 눈 감고 서 있는 자세, '타다아사나' 또는 '사마스티티'라는 동작이다. 바르게 서서 시작하는 아사나의 시작과 끝이다. 쉬울 것 같지만…… 아니다. 발가락에 힘을 줄수록 몸이 흔들린다.

선생님은 발의 토대를 느끼라고 말씀하신다. 발로 몸을 지탱할수록 몸은 좌우로 흔들린다. 발의 토대로 땅을 느끼기는커녕 발 밑의 매트조차 느낄 수 없다. 매일 서서 걸어 다니고, 서서 쇼핑하고, 서서 설거지를 해왔는데 그동안 어떻게 서 있었던 걸까? 나는 바르게 서지 못하는 사람이었다.

타다아사나 자세로 음악을 듣는다. 영화 〈겨울왕국 2〉의 OST다. 울라프가 노래를 부르며 뛰어 다니던 숲이 떠오른다. 마법의 숲. 나에겐 요가가 마법의 숲이다. 몸에 힘을 빼고 호흡에 집중한다. 아, 내 숨은 고르지 않다. 숨에 신경을 쓸수록 가슴이 답답해진다. 깊은 숨 한 번, 얕은 숨 한 번…… 번갈아 들이쉬고 내쉰다.

엄마 뱃속에서 쌔근쌔근 고르게 숨을 쉬었던 우리는 세상에 나와 호흡법을 잊었다. 탓하지 말자. 잊고 있었을 뿐이다. 나를 다독인다.

〈명상 호흡법〉시간에는 난이도가 높은 동작을 하지 않는다. 앉고 서고 눕는 일상의 동작을 다룬다. 직립보행을 하면서부터 인간은 동물보다 우월해졌지만 신체 불균형이 가중되었다.

'타다아사나(산 자세)'라는 동작이 있다. '사마스티티(Samasthiti)'라고도 부르는 동작은 고요하고 견고하게 서 있음을 뜻하는 스티티(Sthiti)를 포함한다. 산처럼 멋지고 곧게 선 자세. 생각만 해도 기분이 좋아진다.

이 자세는 치골이나 배를 앞으로 내민 게 아니라 배꼽을 가볍게 당긴 모습이어서 복근을 쓰게 된다. 뒤꿈치를 포함한 발바닥의 네 개 혹은 세 개의 두드러진 포인트에 힘을 분산시키는 게 쉽지 않다. 이렇게 똑바로 서는 것만으로도 엉덩이 대둔근, 허벅지 대퇴근·내전근 등 크고 작은 근육을 사용하게 된다.

근력이 부족하면 힘이 든다. 후들거리고 몸의 긴장이 더해지며 발가락에 힘이 들어간다. 수련생들이 편안하게 타다아사나와 만나기를 바란다. 익숙한 동작을 반복하고 자연스럽게 호흡을 연습해 내면의 아름다운 미소를 만나면 좋겠다. 제대로 서는 것만 연습해도 척추 불균형이 회복될 것이다.

나는 호흡의 힘을 믿는다. 수련장이 숲이라면 수련생들은 나무다. 발바닥의 포인트(꼭짓점)가 뿌리가 되어 땅과 넓고 깊게 만날수록 안정된 자세로 설 수 있다. 위아래로 흐르는 호흡에 집중해 지구에 온전히 뿌리 내리고 숨 쉬는 몸을 바라본다. 목의 신상은 사라지고 어깨는 자유로워진다. 꽉 막힌 가슴은 숨길을 내어준다. 목과 등의 긴장이 사라진다.

산처럼 멋지고 곧게 선 자세는 생각만 해도
기분이 좋아진다.
똑바로 서는 것만으로도 크고 작은
근육을 사용하게 된다.
근력이 부족하면 힘이 든다.
후들거리고 몸의 긴장이 더해지며
발가락에 힘이 들어간다.
제대로 서는 것만 연습해도 척추 불균형이 회복된다.
호흡의 힘을 믿는다.
위아래로 흐르는 호흡에 집중해
지구에 온전히 뿌리 내리고 숨 쉬는 몸을 바라본다.
목의 긴장이 사라지고 어깨는 자유로워진다.
꽉 막힌 가슴은 숨길을 내어준다.

파리의 하늘 아래서 숨을 쉬어요

수련의 후유증일까. 살과 근육이 아프다고 난리다. 좀비처럼 하루를 보내고 수련장을 찾아갔다. 샹송〈파리의 하늘 아래(Sous Le Ciel De Paris)〉가 울려 퍼진다. 파리의 하늘이 생 루이 섬을 질투해 천둥번개와 비를 내리지만 오래 가지 못하고 무지개를 펼친다는 노랫말이 귀엽게 들린다.

지방 소도시 깊은 산자락에 자리한 사찰에 머문 적이 있다. 하루 세 번 예불에 참여했는데, 그중에서도 새벽 네 시에 드리는 새벽 예불이 가장 힘들었다. 어느 날, 십여 명의 스님들이 예불에 참여하는 모습이 눈에 들어왔다. 파르라니 깎은 동그란 뒷머리의 스님들은 모두 젊었다. 스님들은 어떤 사연으로 이곳에 왔을까. 어떤 기도를 하고, 어떤 호흡을 하는 걸까, 궁금했다.

발의 토대를 느껴본다. 여전히 휘청대지만 호흡에 집중한다. 엄지발가락 스위치에 힘을 주고 호흡에 집중하니 신기하게 아랫배에 힘이 들어간다. '이거구나!' 싶다가도 몇 초 지나지 않아 흔들리는 몸. 내 호흡은 집중과 분산의 경계를 넘나들고 있다.

오늘 수업에서는 〈파리의 하늘 아래〉라는 노래를 플라시도 도밍고의 목소리로 들려주었다. 하늘 아래 수많은 존재가 소통하는 모습이 생생한 곡이다. 노래에 맞춰 수련생들이 몸에 흐르는 호흡을 자연스럽게 바라보도록 안내했다. 자연스럽게 호흡하면 인간 본연의 모습, 즉 자연으로 돌아온다.

지구는 넓다. 많은 사람들이 여기저기를 가보고 싶어 한다. 하지만 수련에 헌신할수록, 그 욕구로부터 자유로워진다고 고백하는 이들을 만난다. 올바른 호흡으로 몸과 마음에 안정을 느끼면 즐거움과 연결된다. 즐거움은 마음의 조화에서 생겨난다. 노래 한 곡만으로 호흡을 느끼며 파리에서 행복한 숨을 쉬는 '나'를 만나는 지금 우리처럼.

마음의 조화란 무엇일까? 몸에서 흐르는 숨이 조화롭다는 것이다. 들숨과 날숨이 몸에 조화롭게 흐를 때 우리는 편안함을 느낀다. 화가 많은 사람은 호흡이 거칠다. 화는 가깝고 소중한 사람은 물론 자신마저도 위험에 빠뜨린다.

세네카는 『화에 대하여』에서 우리가 화를 내는 이유는 '나는 잘못한 게 없어' '나는 죄가 없어'라는 태도 때문이라고 적었다. 무지와 오만이 화의 원인이다. 나는 여기에 호흡을 살피지 못하고 살아온 무지를 추가하고 싶다.

> "행복하기 위해, 행복을 느끼기 위해 필요한 것은 얼마나 적은가! (중략) 가장 소소한 것, 가장 조용한 것, 가장 가벼운 것, 도마뱀이 바스락거리는 소리, 한 번의 숨결, 한 줄기 미풍, 한 번의 눈 맞춤……"
> — 니체

나를 관조해요

아로마 향이 가득한 수련장에 피아노 선율이 울린다. 멜로디의
강약에 집중했다. 어릴 적 피아노를 배울 때 손이 작은 나는 손가
락을 쫙 펴서 건반을 동시에 누르는 게 힘들었다. 선생님은 '세
게, 약하게' 강약을 강조했지만, 어린 나에겐 힘든 일이었다.

어느 순간, 강약을 따라가는 멜로디에 익숙해지더니 음악 소리
가 신경 쓰이지 않았다. 드디어 선생님의 목소리만 들린다. '마시
고 있구나, 내쉬고 있구나.' 나의 호흡에 집중한다. 숨을 쉬는 것
자체가 어려운 게 아니라 숨을 쉬는 것을 가만히 바라보는 일이
어려웠음을 느꼈다.

선생님은 '관조자'를 말씀하신다. 감정에 휘둘리지 않고 한 발짝
떨어져 나를 바라보는 삶. 오늘 숨을 바라보는 연습을 통해 나를
객관적으로 바라볼 수 있었다. 호흡은 힘들지 않다. 호흡을 바라
보는 것이 힘들다. 호흡이라는 미세한 흐름이 혈관을 타고 몸으
로 퍼져 나가고 세포를 만든다. 그 과정을 바라보는 것이다.
물론 호흡을 완벽하게 바라보는 사람은 세상에 없을지도 모른

다. 그럼에도 호흡을 바라보는 과정을 통해 '나'를 알 수 있다.

다시 피아노 선율이 들려온다. 손이 작아 어설프게 연주하던 나는 세월이 흘러 요가를 수련하고 있다. 몸에 힘을 주고 빼는 일은 지금도 어렵다.

현대인들은 보고 싶은 것만 보는 듯하다. 그건 요가도 마찬가지여서 요가에 어울리지 않는 불필요한 동작이 많다. 내 눈에는 어색한데 그들은 모른다. 요가 동작에는 그 사람이 살아온 날이 보인다. 무슨 일이든 똑 부러지는 삶, 매사에 우물쭈물 자신 없는 모습이 드러난다. 스스로 만족하지 못하면 짜증을 부리는 사람도 있다. 그때마다 숨과 동작은 연결되지 않는다. 내가 나를 바라보지 못하는 아이러니, 그것이 우리 모습이다.

수련하는 모습을 영상으로 보여주면 모두들 깜짝 놀란다. 자신을 알아차리지 못했음을 깨달아서다. 하지만 내 수업은 눈으로 확인해 수정하는 방법을 권하지 않는다. 요가원에 거울을 두지 않는 이유다.

우리는 알게 모르게 자신도 모르는 행동을 한다. 그것이 요가에 적나라하게 드러난다. 어떤 수련생은 눈을 가만히 감는 것조차 불편해한다. 호흡하는 자신의 몸에 집중하지 못해서이다. 군더더기가 많아서이다.

해결 방법은 단순하다. 집중이다. 손을 들고 있구나, 어깨를 들고 있구나, 인상을 찌푸리는구나, 호흡이 거칠구나, 다리를 뒤로 보내는구나, 척추를 펴지 못하는구나…… 알아차리고 놓아버리고 덜어내는 것이다. 가만히 바라보기, 숨을 쉬는 몸을 바라보기. 그곳에 멈추면 된다.

피아니스트 손열음의 연주가 생각난다. 저돌적인 강약, 박자 조절, 건반을 내리누르는 무게…… 오랜 시간, 깊은 '관조'를 체득해 엄청난 몰입을 선사하는 연주. 그 순간 그의 세포는 온전히 숨 쉬고 있었을 것이다.

아리스토텔레스는 '관조'를 그리스어로 '테오리아(Theoria)', 즉 '인간의 최선'이라고 정의했다. 관조적 생활이야말로 최고의 행복이다. 관조는 사물이나 사람을 깊이 응시하는 것이다. 그 순간 호흡하는 나를 바라보는 것이다. 물론 그곳에는 거울이 없다. 눈에 보이지 않는 것을 바라보는 연습을 하는 것이다. 내가 응시하는 것에 깊이 몰입하면 나 자신은 사라지게 된다. 손열음의 연주처럼.

눈을 감아요, 나를 믿어요

윤동주 시인의 「눈 감고 간다」를 읊는다. 태양과 별을 사랑하는 아이가 밤에 눈을 감고 걷다가 발부리에 돌이 채이면 눈을 뜨라는 노랫말은 살다가 예상하지 못한 일이 생기면 그때 눈을 뜨면 된다는 의미로 다가온다. 밤에 눈을 감고 걸어도 될 만큼 나를 믿고 싶다. 그러다 돌부리를 만나면 '그때' 눈을 뜨고 바라보면 된다. 그러니 미리 걱정하지 말 것!

눈을 감고 호흡을 관찰한다. 선생님은 말하고 나는 속으로 대답한다.

셰르파 내 목이 길어집니다!

루나 내 목이 하늘을 만나고 싶어 합니다.

셰르파 내 어깨가 옆으로 활짝 열립니다!

루나 내 어깨가 날개를 답니다.

셰르파 내 척추가 숨을 쉽니다!

루나 내 척추가 여기에 있습니다.

셰르파 내 허리가 숨을 쉽니다!

루나 내 허리가 나를 믿습니다.

셰르파 내 골반이 넓어지며 토대를 느낍니다!

루나 내 골반이 땅을 만나고 싶어 합니다.

아직은 상상으로 숨을 쉰다. 선생님이 말씀하신 10년의 수련이 지나면 나는 어떤 모습일까. 시간의 힘을 믿는다. 시간이 나를 이곳으로 인도했듯이 앞으로의 시간도 생각하지 못한 곳으로 나를 데려다줄 것이다.

"인간은 누구나 어디에도 기대서는 안 된다. 오로지 자신의 등뼈에 의지해야 한다. 자기 자신에, 진리에 의지해야 한다. 자신의 등뼈 외에는 어느 것에도 기대지 않는 중심 잡힌 마음이야말로 본래의 자기다."

— 법정, 「자신의 등뼈 외에는」

호흡이 어렵다는 말로 마음의 문을 닫는 사람들을 만난다. 그들의 공통점은 자신에 대한 믿음이 부족하다는 것이다. 그들은 동작을 조금만 변형시켜도 얼굴이 붉어지거나 자세가 불안정해진다. 불안하고 두려워한다. 평온하지 못하니 호흡이 거칠어진다.

정신적 질병에 시달리는 이들이 있다. 우울증, 조울증, 기분장애 증상을 호소한다. 그런 사람들이야말로 요가가 필요하다. 나는 그들에게 '눈을 감아보세요'라고 권한다. 눈을 뜬다는 것은 인식과 판단이다. 이성의 영역이다. 눈을 감는다는 것은 이성의 판단을 멈추는 일이다. 오늘 수련에서는 윤동주 시인의 「눈 감고 간다」라는 시가 담긴 음악을 들려드렸다.

태양을 사모하는 아이들아
별을 사랑하는 아이들아

밤이 어두웠는데
눈 감고 가거라

가진 바 씨앗을

뿌리면서 가거라

발부리에 돌이 채이거든

감았던 눈을 와짝 떠라

'나'에게 무한 신뢰를 보내길 바란다. 무한 신뢰는 온전히 살아 있음이다. 그 순간, 불안과 두려움은 사라진다. 불안해하지 말자. 우리는 결국 같은 하늘 아래 살아갈 뿐이다. 누구나 익숙하지 않으면 낯설어 한다. 그것을 '어렵다'고 판단하는 게 문제다. 판단 중지! 있는 그대로 나를 들여다보자.

요가 수련을 통해 아이의 호흡으로 돌아간다. 두려움과 걱정이 없던 어린 시절을 떠올려보자. 내 몸과 마음의 병을 알아차리는 것이 중요하다. 초고속 울트라 겁쟁이가 되기 전에 '살아 있는' 나를 믿자.

다니엘 페나크의 장편 소설 『몸의 일기』 중 86세 9개월 16일을 들여다본다.

"우리 몸은 끝까지 어린아이다. 어찌할 바를 모르는 아이."

― 다니엘 페나크,『몸의 일기』

마시고 있구나, 내쉬고 있구나……
나의 호흡에 집중한다.
감정에 휘둘리지 않고 한 발짝 떨어져
나를 바라보는 삶.
숨을 바리보는 언습을 통해
나를 객관적으로 바라본다.
호흡은 힘들지 않다.
호흡을 바라보는 것이 힘들다.
눈을 감아보자. '나'에게 무한 신뢰를 보내자.
무한 신뢰는 온전히 살아 있음이다.
불안해하지 말자.
우리는 결국 같은 하늘 아래 살아갈 뿐이다.
판단 중지!
있는 그대로 나를 들여다보자.

죽음을 생각해요

며칠 동안 몸이 힘들었다는 선생님은 마스크를 벗지 않고 수업을 진행하셨다. 중간중간 들려오는 깊은 기침 소리에 마음이 편치 않았다.

오늘의 화두는 '내가 곧 죽는다면 무엇을 하겠습니까?'였다. 죽음의 고통을 느꼈던 선생님이 던진 주제여서일까. 유난히 경건하고 엄숙하게 느껴졌다.

인간은 누구나 죽는다. 죽음을 두려워하지 않고 언제라도 떠날 수 있는 삶을 동경한다. 내일 죽는다면 나는 무엇을 할까. 우선 청소를 하고 싶다. 나의 죽음을 발견할 사람이 마지막 흔적 때문에 성가시지 않도록 정리하고 싶다.

죽는 날까지 며칠의 여유가 있다면 무엇을 할까. 모든 걸 말끔하게 정리하고 가방 하나 들고 여행을 떠나고 싶다. 아름답고 한적하고 평화로운 장소를 찾아 유언장을 쓰고 일기를 쓰며 남은 날을 조용히 정리하고 싶다.

『조화로운 삶』의 저자 스코트 니어링은 백 세가 되었을 때 스스로 곡기를 끊어 죽음을 선택했다고 한다. 아내에게 의사와 종교인을 부르지 말라고 당부하고 단식한 지 한 달 보름 만에 마지막 숨을 내쉬었다고 한다. 그가 최후로 남긴 말은 한 마디였다.

— 참 좋다.

숨 쉬는 나를 바라보는 것에 감사하다. 언젠가 숨을 쉬지 못하는 날이 오더라도 그 순간을 고요히 받아들이고 싶다.

선생님은 죽음의 고통 앞에서 '사랑'을 말씀하셨다. 우리는 아직 나눠야 할 사랑이 많다. 우리가 숨을 쉬어야 하는 이유. 바로 사랑이다.

죽음은 종착역이다. 죽으면 모든 게 끝난다. 죽음은 숨이 끊어지는 찰나에 존재한다. 그 순간을 만나기 전까지 우리는 살아 있다. 인간은 누구나 살고 싶다. 잘 살고 싶어 한다. 그 마음이 지나쳐 문제가 생긴다.

며칠 동안 숨을 제대로 쉴 수 없었다. 먹지도 못했다. 나는 죽음에 닿아 있었다. 감사하게도 다시 회복했다. 새로운 '살아 있음'을 만나고 나니 잘 죽고 싶어졌다. 그래서 오늘은 '죽음'을 이야기했다.

2009년 세 개의 암을 선고 받았다. 치료를 받고 집에 돌아올 때마다 죽음을 생각했다. 병원 치료를 받으며 생을 연명하고 싶지 않았다. '내일 죽는다'는 생각으로 아침을 맞았다. 하루하루가 선물이었다. 그렇게 최선을 다해 살았다. 서른 살의 내가 죽음을 맞이하는 방법이었다.

어느새 십 년의 시간이 흘렀다. 나는 다시 죽음에 가까운 시간과 만나야만 했다. 한 번만이라도 제대로 숨을 쉬고 싶었다. 어쩌다 이렇게 되었을까. 나는 소명이라는 이름으로 몸이 허락하는 범위를 넘고 있었다. 그리고 알았다. 죽음을 대하는 자세가 달라졌음을.

요가를 수련하며 나는 '모든 것을 사랑하는 사람'이 되었다. 나는 내 몸을 천하처럼 아끼며 온전한 자유 속에서 살다가 잘 죽기를 바란다. 옴 샨티 샨티.

파도처럼 밀려오는 숨결을 느껴보아요

오늘은 〈파도〉라는 음악을 들으며 수련했다. 파도의 '흐름과 연결'을 떠올린다. 지구의 바다는 모두 이어져 있다. 파도는 부서지고 흐르며 만남과 헤어짐을 반복한다. 호흡도 그렇지 않을까. 몸으로 흘러 들어가고 나오기를 반복할 것이다. 파도의 숨결처럼.

파도는 바다로 흐른다. 내 몸의 호흡도 파도처럼 흐를 것이다. 내 숨결을 바라보며 몸의 파도를 느낄 수 있는 날이 오기를, 너를 알아보기를.

요가 수련을 하며 음악에 몰입할 때가 있다. 이탈리아 태생의 작곡가 겸 피아니스트인 루도비코 에이나우디(Ludovico Einaudi)의 자연을 닮은 음악이 그렇다. 그의 〈르 온데(Le Onde, 파도)〉는 우리를 편안하고 로맨틱한 곳으로 인도해준다.

요가 수련은 일상과 분리된 시공간을 마련하는 것이다. 수련하는 공간은 세상에서 가장 아름다운 바다가 된다. 들어오고 나가고…… 우리의 호흡은 파도를 닮았다. 파도는 부서지면서 여러 갈래로 나뉘고 바닷길을 낸다. 그 길은 연결되어 있다. 트래킹을 하다 보면 '이곳에 어떻게 길이 나 있지?' '사람들은 언제부터 이 길을 걸어왔을까' 궁금해진다. 길은 연결되어 있다.

요가를 수련하다 보면 여러 갈래 숨길이 존재한다는 사실에 놀라게 된다. 얼마 전까지 막혀 있던 공간, 통증이 가득한 공간이 아니었던가. 세상에는 소통하지 못할 게 없다.

파도, 숨결, 삶의 경험을 이야기하는 수업 시간이 참 좋다.

3

불균형을 알아차립니다

⚹

균형 요가

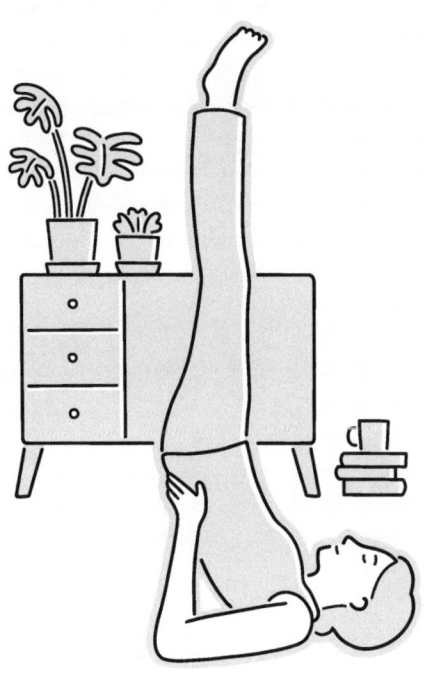

견딜까요, 그만둘까요

마음은 참 신기하다. 어떤 날은 평화롭다가도 어떤 날은 오락가락 널을 뛴다. 오늘, 내가 그렇다. 선생님과 수련생들의 목소리, 음악, 동작…… 모든 것이 평화롭다. 하지만 나는 아니다. 선생님은 애쓰지 말라고 하지만 조금이라도 아프면 '동작을 풀어야 하나 버텨야 하나' 고민스럽다.

그 '조금'은 어디까지일까. 무리하는 것과 무리하지 않는 것, 그 경계가 궁금하다.

또 쥐가 난다. 이번에는 팔이다. 눈을 감고 양팔을 들어 반대편 팔꿈치를 잡고 서 있는 동작이다. 팔은 아프고, 몸은 흔들거린다. 마치 벌을 서는 기분. 선생님이 다가와 머리, 목, 어깨의 비틀어짐을 잡아준다. 나는 똑바로 서 있는 줄 알았는데 아닌가 보다. 내가 생각하는 나와 다른 사람이 보는 내가 다르다. 아마도 나는 오래 널뛰기를 해야 할 것 같다.

〈균형 요가〉는 말 그대로 '균형'을 회복하는 시간이다. 현대인은 일과 인간관계에 매달려 균형으로부터 멀어져 있다. 호흡은 거칠고 감정 기복이 심하다. '나'를 알아차리지 못하니 요가 수련에서도 예민해진다.

나에게 요가 수련은 균형을 회복하는 시간이다. 색안경을 쓴 채로 사람과 세상을 단정 짓지 않는 훈련이다. 유연성과 융통성의 자세로 수련생들과 소통하는 노력이다.

불편한 동작을 하며 견뎌야 하나 버텨야 하나. 요가 수련을 하다 보면 애매할 때가 많다. 대답은 하나다. 동작이 힘들면 숨에 집중하는 것이다. 균형을 회복하는 빠른 방법은 '내 안에 떠오르는 것'을 알아차리는 즉시 숨으로 데려오는 것이다. 있는 그대로의 몸을 가만히 바라보는 것이다.

힘든 세상이다. 세상에 흔들리는 몸을 '똑바로' 세우려고 애쓴 나머지 온몸이 뻣뻣하다. 육체의 몸이 이러한데 정신의 몸은 오죽

할까. 있는 그대로 받아들이는 연습이 필요하다. 무언가를 얻기 위해서는 그렇게 연습하면서, 가만히 바라보는 연습은 왜 하지 않을까?

〈균형 요가〉는 동작을 연습하는 게 아니다. 몸과 마음을 '가만히 바라보는 연습'을 하는 것이다.

요가는 '균형'을 회복하는 시간이다.
불편한 동작을 견뎌야 하나 버려야 하나.
동작이 힘들면 그저 숨에 집중하면 된다.
균형을 회복하는 방법은
있는 그대로의 몸을 가만히 바라보는 것이다.
요가는 나의 몸을 알아차리게 한다.
요가는 나의 몸을 살핀다.
그런 요가가 나는 참 좋다.

칭찬과 비난에 흔들리지 말아요

오늘은 수리야 나마스카라(태양 경배 자세)를 배우는 날이다. 구
부정하고 휘어 있고 뻣뻣하고…… 거울을 보지 않아도 내 몸이
상상된다.

그래서일까. 오늘은 유난히 집중하지 못했다. 박자를 놓치기 일
쑤였다. 호흡도 고르지 않았다. 고민해도 해결되지 않는 일을 마
음에 담은 까닭이리라. '숨을 바라보자. 네모난 매트, 나의 소우
주에 집중하자'고 다짐했지만 수시로 흔들렸다.

이런 나를 아시는 걸까. 선생님이 다가와 어깨, 등, 다리를 눌러
주었다. 다운 독을 하는데 평소보다 등과 머리가 아래로 내려가
는 느낌이었다. 몸은 아프고 숨은 차오르지만 점점 몰두하는 내
가 느껴졌다. 비틀어진 몸의 중심을 잡으려고 노력했다. 거울도
보지 않고, 주변도 의식하지 않고, 나의 내면을 들여다보았다.

계속하자. 할 수 있을 때까지. 동작을 이어가며 108배가 연상되
었다. 대웅전 바닥에 땀과 눈물을 뚝뚝 떨어뜨리며 108배를 하던

어느 여름날. 오래전 그날로 연결되는 느낌이었다. 이런 과정이 수련인 것일까.

선생님은 힘들면 무리하지 말라고 안내하셨다. 쉴까. 순간 흔들렸지만, 그 경계에서 마음이 말했다. 아직은 아니야. 쉬지 않고 동작을 이어갔다. 팔과 다리가 부들부들 떨릴 무렵 선생님의 마지막 카운트가 들려왔다. 진심으로 행복했다. 끝났다!

선생님은 수업 후반부에 자세가 좋아졌다며 칭찬해주셨다. 기뻤다. 하지만 칭찬과 비난에 흔들리지 않으려 한다. 온전한 나를 바라보는 데 집중해야지. 아, 무리는 하지 않고.

수리야 나마스카라는 수업 시간마다 거의 빠지지 않는 동작이다. 이 동작을 통해 몸의 중심으로 들어가므로 본격적인 수련인 셈이다. 수리야 나마스카라는 강함과 유연함을 동시에 요구한다. 강하지 못하면 안정감이 없고 유연하지 못하면 뻣뻣해진다.

수리야(Surya, 태양)는 태양만을 의미하지 않는다. 숙련된 수련자가 얻는 '내면의 빛'을 의미한다. 스스로 빛이 되고 주변에 선한 영향을 안겨주는 따뜻한 빛이다.

암 진단을 받은 날, 가까운 친구가 성경책을 보내주었다. 친구의 부탁을 이기지 못하고 교회에 나갔는데 불편함이 사라지지 않았다. 절도 교회도 멀어질 무렵, 독실한 불자로 살아가시는 어머니가 말씀하셨다.

— 살다가 힘들면 범어사를 찾아라. 그곳에서 21일간 108배를 해라.

암과 림프 부종으로 유난히 험난했던 5월 어느 날. 누구에게도 말하지 않고 범어사를 찾아갔다. 첫날, 나는 수건이 흠뻑 젖을 만큼 눈물을 흘리고 옷이 흠뻑 젖을 정도로 땀을 흘렸다.

몸도 마음도 흔들흔들. 슬프고 서럽고 아팠다. 휘청거리며 108배를 이어갔다.

— 미안합니다. 미안합니다. 미안한 것투성이입니다.
— 용서합니다. 용서합니다. 용서할 것 천지입니다.
— 고맙습니다. 고맙습니다. 살아 있는 것만으로 고맙습니다.
— 감사합니다. 감사합니다. 이렇게 할 수 있는 것만으로도 감사합니다.

108배를 마치고 관음전을 나서는데 신기하게도 '내일'이 기다려졌다. 그리고 밥을 먹었다. 그렇게 맛있는 밥은 처음이었다. 108배 첫날, 나는 알을 깨고 나왔다. 매일 비라아사나(영웅 자세)를 수련하며 21일간 눈물과 땀으로 여름을 보냈다. 세상을 만나는 시선이 달라졌다.

요가는 헌신이다. 나, 수련, 스승에 대한 헌신. 사람들은 헌신을 희생의 동의어로 생각한다. 하지만 '몸과 마음을 바쳐, 있는 힘을 다함'이라는 의미의 '헌신'과 '다른 사람이나 어떤 목적을 위하여 자신의 목숨, 재산, 명예, 이익을 바침, 또는 그것을 빼앗김'이라는 '희생'은 다르다.

헌신은 나를 위해, 나만의 방식으로 성장하고 발달하는 과정에 자리한다. 성숙한 사람은 어떤 상황에서도 흔들리지 않는다. 그는 '나'를 먼저 사랑한다.

사랑은 결의이고 판단이고 약속이라던 에리히 프롬이 생각난다.

"만일 그대가 그대 자신을 사랑한다면, 그대는 모든 사람을 그대 자신을 사랑하듯 사랑할 것이다. 그대가 그대 자신보다도 다른 사람을 더 사랑하는 한, 그대는 정녕 그대 자신을 사랑하지 못할 것이다. 그러나 그대 자신을 포함해서 모든 사람을 똑같이 사랑한다면, 그대는 그들을 한 인간으로 사랑할 것이고 이 사람은 신인 동시에 인간이다. 따라서 그는 자기 자신을 사랑하면서 마찬가지로 다른 모든 사람도 사랑하는 위대하고 올바른 사람이다."

— 에리히 프롬, 『사랑의 기술』

나를 바라보는 영웅이 되세요

오늘의 키워드는 '영웅(비라, Vira)'이다. 요가의 '영웅'은 속세의 영웅과 달라서 '자신의 마음을 제어할 수 있는 전사'다. 토대를 느끼고 호흡으로 몸을 여행하며 마음과 생각과 몸을 제어하면 누구나 영웅이 될 수 있다. 물론 현실의 나는 비라 아사나가 안겨주는 몸의 고통을 절실하게 느낄 뿐이지만.

무릎을 꿇고 앉는다. 엉덩이를 들고 발을 벌려 양손으로 종아리살을 밖으로 뺀다. 엉덩이를 다리 사이에 놓는다. 발은 다리와 일직선이 되도록 엉덩이 옆에 나란히 뒤로 정렬한다. 힘들면 블록에 앉는다. 아니, 앉을 수밖에 없다. 정말 고통스러운 동작이다.

생각해보니 어렸을 때는 아무렇지도 않게 비라 아사나 자세로 철퍼덕 앉아서 놀았다. 어른이 되며 몸과 마음이 굳었다. 비라 아사나가 고통이 되었다.

— 내 숨을 바라봅니다. 호흡이 발까지 느껴집니다.

선생님의 당부와 달리 오늘도 나는 실패했다. 발은 피가 통하지 않아 새파랗게 질리고, 허벅지와 종아리의 살과 근육은 비틀려 고통스럽다. 그러나 이제는 안다. 이처럼 단순한 동작일지라도 바르게 호흡하고 제대로 유지하면 몸의 불균형을 바로잡을 수 있음을. 무엇보다 내 몸의 상태를 정확히 알게 되었다. 자세를 유지하면 늘 왼쪽보다 오른쪽 다리에 통증이 전해진다. 오른쪽이 불균형하다는 뜻이다.

눈을 감는다. 통증을 바라본다. 불균형을 바라본다. 어릴 적 편안한 자세로 비라 아사나로 앉아서 친구들과 공기놀이를 하던 나를 본다. 그 시절의 나는 마음과 몸을 제어할 수 있는 아이였다. 마음껏 앉고 서고 뛰고 행복했다. 그때의 내가 나의 '영웅(비라)'이었다.

눈을 뜬다. 다리에 통증이 남아 있다. 통증을 가만히 바라본다. 좀 더 건강하게 좀 더 따뜻한 마음으로 살고 싶다. 그러면 다시 '영웅'을 만날지도 모른다.

매일 비라 아사나를 수련하기로 결심한 날을 잊을 수 없다. 오래 수련을 해온 터라 자신만만하게 참여했던 워크숍. 하지만 현실 속 나는 림프 부종 환자에 지나지 않았다. 굳어가는 몸을 알아차리지 못하고 나를 초라하게 만들었던 '숩타 비라아사나(Supta Virasana, 누운 영웅좌)'를 잊지 못한다. 암을 진단받기 전까지 나는 숩타 비라아사나를 자유롭게 구사했다. 그러나 하체의 관절과 근육을 풀어주고 몸의 앞면을 길게 늘려주는 동작은 더 이상 내 것이 아니었다.

— 그래, 매일 비라 아사나를 수련하자.

나는 현실을 직시했다. 매일 매트에 올라 비라 아사나를 만났다. 초라한 내 몸이 훌륭한 교과서였다. 수련생들의 상태를 정확히 알게 되었다. 예전에는 느끼지 못했던 어깨가 끊어질 것 같은 통증은 '어깨가 숨을 만나 양옆으로 펼쳐지고, 등 뒤로 끌어 내려지는 상상을 하라'는 표현으로 바뀌었다. 승모근이 건강한 상태로 어깨 관절에 작용하는 것을 상상하며 수련한 결과다.

골반의 묵직한 통증은 숨을 마실 때마다 골반이 아래로 내려가는 것을 느끼게 해주었다. 일상을 견딘 긴장으로 굳어진 장요근을 깨우는 시간이었다. 무릎은 부러질 것 같은 불안감을 안겨주었다. 하지만 고관절이 숨과 함께 열리며 상체에서만 흐르던 숨이 무릎까지 전해지는 걸 느낄 수 있었다. 그렇게 몰입하다 보니 통증은 사라져갔다.

나를 희망으로 여기는 림프 부종 환자들이 늘어나고 있다. 림프 부종 환자들은 압박 스타킹과 압박 붕대 없이 생활할 수 없다. 하지만 나는 그것을 벗은 지 오래다. 물론 무리는 금물이다. 여전히 완치를 향해 뚜벅뚜벅 걷고 있다. 내 사례를 보편화시켜서도 안 된다. 하지만 스스로 '영웅'이라 느끼기에 충분한 시간이었다. 이제 나는 통증을 두려워하지 않는다. 어차피 숨을 쉬는 동안 나는 살아 있을 테니까.

요가를 처음 배우는 분들은 통증을 두려워한다. 하지만 특정 자세 때문에 몸이 아프다기보다 마음이 만들어내는 고통이 많다. 요가는 몸에 맞게 조금씩 접근하면 된다. 하고 싶은 동작이 내 것이 아니면 탐해서는 안 된다. 내가 할 수 있는 동작부터 차근차근

숨을 만나면 된다.

요가는 '균형'을 회복하는 시간이다. 균형은 자유로운 숨이다. 요가를 하면 마음의 동요를 제어하고 영웅이 될 수 있다. 비라 아사나는 하중이 많이 실리는 하체의 혈액순환을 위해서라도 매일 만나고 싶다. 멋진 영웅이다.

가야트리 만트라에 빠져보아요

오늘 선생님이 들려준 〈가야트리 만트라〉는 '지혜의 여신'이라는 의미를 갖고 있다. 잔잔한 음악에 빠져들며 수련을 시작한다.

나는 선생님 옆에서 '나쁜 사례'로 등장하는 영광을 누렸다. 우선 수련생들 앞에서 양팔을 들고 반대편 팔꿈치를 잡았다. 나도 모르게 목과 어깨에 힘이 들어가 어깨가 위로 쑥 올라갔다. 힘을 빼고 내려야 하는데 잘 되지 않는다. 선생님은 나 같은 사람이 많다며 몸에 '긴장'이 가득해서 부분적으로 뒤틀려 있고 굳어 있을 뿐 원래 유연한 몸이라고 위로해주셨다.

나는 앉아서 상체를 앞으로 숙여 발의 측면을 잡는 자세에서도 다리가 펴지지 않는 몸을 갖고 있다. 서서 허리를 접어 고개를 숙이고 폴더 자세를 하면 손끝만 달랑달랑 겨우 땅에 닿는다. 앉아서 다리를 옆으로 뻗는 자세도 45도 벌려지는 정도인데, 이런 나에게 '유연하다'고 말해준 사람은 선생님이 처음이다.

나는 오른쪽 어깨가 앞으로 말려 있다. 옆이나 뒤에서 보면 오른쪽이 심하게 기울어져 있다. 허리와 골반도 약하다. 그래서 힘이 없다. 순환이 되지 않아 독소와 노폐물이 몸에 쌓여 있어서 복부와 허리에 군살이 덕지덕지 붙어 있다. 몸에 근력이라곤 찾을 수 없다.

요즘은 30분만 걷고 나면 허리와 골반이 아파온다. 선생님은 어깨의 불균형을 방치한 채 무리하게 걷거나 운동하면 무릎이 나빠질 거라고 걱정하셨다. 목, 어깨, 등, 허리의 뼈와 근육을 바로잡는 것이 우선이라고 조언하셨다. 수련으로 회복될 수 있다는 말에 힘이 났다.

＊∪ [셰르파 이야기]

요가는 한 숨 한 숨 편안함을 찾아가는 여정이다. 오늘은 다음 조건에 맞는 수련생을 '시범 조교'로 선택했다.

첫째, 많은 사람이 공감하는 몸 상태일 것, 둘째, 선생에 대한 믿음이 견고할 것. 몸의 인과 관계를 설명하는 과정을 통해 자신의 몸에 관심을 갖는 터닝포인트가 되기를 바라는 마음을 시범 조교에 담았다.

루나 님은 유연한 몸에 비해 '유연성 근력'이 부족하다. 몸을 탐구하지 않은 상태로 앉고 서고 걸었으니 당연하다. 다행히 짧은 시간에 회복될 수 있는 상태다. 루나 님은 어깨나 골반 관절의 가동 범위가 넓다. 다른 사람이 힘들어하는 동작을 척척 해낸다. 하지만 '유연성 근력'이 필요한 동작에서는 몸의 불균형이 적나라하게 드러난다. 관절 주변의 근육과 근막이 부드럽지 못한 까닭이다.

그래서 나는 어깨가 긴장한 상태와 그렇지 않은 상태를 비교하

도록 가볍게 교정해주었다. 우리 몸은 육체의 몸만 존재하지는 않는다. 루나 님은 지성, 즉 자기 성찰 능력이 뛰어나다. 자신의 몸을 살핌으로써 '자유'를 확장시키는 지혜로운 자다.

어느 수련생의 수련 일지를 루나 님에게 전한다.

"수련은 내가 무엇을 하고 있는지, 내 몸이 어떤 상태인지를 깨닫는 시간이다. 비라아사나에서는 어깨와 팔에 힘이 들어가고 숨이 흐르지 않아서 불편했다. 허리와 하체가 어떤 상태인지 모르고 그냥 앉아 있었던 까닭이다. 선생님께서 주신 블록을 받아들고서야 '내 자세가 잘못되었구나. 허리가 구부정하게 요추가 무너져 있었구나'를 깨달았다. 내 몸을 하나하나 깨닫게 되어서 다행이다."

108 수리야 나마스카라와 함께해요

12월 31일. 한 해를 정리하며 〈108 수리야 나마스카라〉 행사에 참여했다. 두 시간 동안 이어진 수련은 생각보다 힘들었다. 특히 허리가 아팠다. 근력이라고는 없는 한심한 내 몸이 슬슬 비틀거렸다. 다리는 풀리고 어깨, 팔, 손바닥까지 아팠다.

첫 번째 〈수리야 나마스카라 A〉가 끝나자 '그만 돌아갈까?'라는 유혹에 휩싸였다. 하지만 '쉬엄쉬엄 하자'는 마음으로 스스로를 다잡으며 다음 강의실로 발걸음을 옮겼다. 〈수리야 나마스카라 B〉는 더 어려웠다. 한발 앞으로 내딛을 때마다 몸이 비틀거렸다. 결국 주저앉고 말았다.

눈을 감고 선생님의 목소리를 들었다. 선생님의 목소리에 맞춰 수련생들이 동작을 바꾸는 소리와 호흡 소리가 가득한 수련장에서 홀로 명상에 잠겼다. 감사했다. 한 해를 마무리하며 경건하고 고요하게 나를 바라볼 수 있었다. 고생했어, 수고했어. 나를 다독여주었다.

다시 힘을 내어 동작을 따라갔다. 이번에는 어깨와 팔이 아팠다. 팔다리로 내 몸 하나 지탱하지 못했다. 보잘것없는 몸을 방치한 결과다. 새벽에 다른 수련장에서 두 시간 동안 〈108 수리야 나마스카라〉를 하고 오셨다는 선생님은 흐트러짐 없는 자세로 수련을 이어갔다. 마침내 녹음 구령이 끝을 고했다. '마지막.'

유난히 길었던 두 시간의 행군이 끝났다. 선생님은 한 명 한 명 다정히 포옹해주었다. 그 모습을 보는 것만으로도 감동적이었다. 비록 나는 108번을 마치지 못했지만 같은 공간에서 사람들의 에너지를 함께 느꼈다는 것만으로도 기뻤다.

내년에는 꼭 완주해야지.

붙잡을 거라곤 요가밖에 없었던 시절이 생각난다. 나는 매일 매트에 올라 숨을 고르고 태양 경배 자세를 취했다. 날마다 숨 쉬고 수련하면 건강해질 거라고 믿었다. 호흡을 믿고, 나를 믿고, 요가를 믿으며 태양 경배 자세를 수련했다.

수리야 나마스카라. '수리야'는 태양, '나마스카라(Namaskar)'는 경배. 이제는 단순한 아사나를 넘어 매일 아침 생명의 에너지를 안겨주는 태양에 감사하는 성스러운 의식이 되었다. 어둑어둑했던 세상이 밝아지듯이, 온몸으로 태양을 만나면 세포 하나하나가 환한 미소로 숨을 쉰다.

그 기쁨을 한 해의 마지막 밤에 수련생들과 느끼고 싶었다. 밤이 지나면 한 해의 시작을 알리며 우리를 찾아올 태양을 반갑게 맞이하리라.

108번 절을 올리며 나를 낮추면 온몸에 겸손이 흐른다. 수리야 나마스카라도 마찬가지다. 위로 향하는 에너지와 아래로 향하는 에너지가 반복된다. 한 호흡에 한 동작씩 이어가다가 호흡을 다섯 번 유지하는 동작에서는 머리를 완전히 아래로 떨어뜨리는 동작을 108번 반복하면서 마지막 밤을 보낸다. 얼마나 특별한 시간인가.

수련생들도 특별한 시간이었다고 고백해주었다. 인내하고 완주해준 수련생들이 자랑스럽다. 참석하지 못하고 완주하지 못한 분도 있지만 그 과정을 공감하며 한 해를 마무리할 수 있어서 기쁘다.

수련생 C님의 일지가 그날의 감동을 고스란히 전해준다.

"다들 상기된 표정이다. 매트를 촘촘히 깔고 숨을 고른다. 수련생들을 쳐다보다가 발이 엇갈린다. 정신 차리고 다시 해보지만 손바닥이 아프다. 참으려 했지만 도저히 안 되었다. 가만히 서서 손바닥을 쥐락펴락. 다시 정신과 호흡을 가다듬는다. 걱정거리를 벗어던지고 아무 생각도 하지 않는다. 드디어 마지막 동작! 가슴 앞 합장을 하고 아무 소리도 들리지 않는 공간에서 선생님의 말을 복창하는데 갑자기 눈물이 난다. 저 말이 무슨 의미인지도 모르는데 왜 눈물이 나는 걸까?"

통증을 깊이 느껴보아요

'번 아웃 증후군'에 시달린 적이 있다. 후유증 때문일까. 지금도 피곤할 때면 감정을 제대로 읽지 못한다. 피곤한지, 피곤하지 않은지, 행복한지 불행한지, 편한지 불편한지를 분간하지 못한다.

요가를 하다 보면 어디가 편안하고 어디가 불편한지 혼란스러울 때가 있다. 통증을 느끼지 못하고 외면하는 사이 몸은 쉬이 틀어진다. 균형이 깨진다.

몸의 불균형은 몸이 외친 통증을 모른 척한 결과다. 알면서도 외면하고 참고 내버려두다가 통증을 느끼지 못하는 상태에 이른 것이다. 굳어버린 몸, 균형이 깨진 몸이 된 것이다.

아사나에 집착해 동작이 되지 않는다고 푸념하지 않기, 유연한 동작을 취하는 다른 사람을 부러워하지 않기. 나에게 요가는 내 몸을 살피는 시간이다. 편한지 불편한지, 아픈지 아프지 않은지……

몸이 건네는 말을 알아듣기. 내가 요가를 하는 이유다.

평소 친분 있는 부부가 요가 수업에 참석했다. A는 앉고 서고 눕는 일상생활이 고통스럽다고 했고, B는 평소 운동을 해서 문제는 없지만 A와 함께하고 싶다며 참여했다. 기본 동작과 롤러와 블록 등 셰르파 요가의 도구를 활용해 몸을 살폈다.

첫 시간, A는 거친 숨을 쉬며 고통스러워했다. B는 별다른 동요 없이 한 시간을 보냈다. 아무 통증이 없다고 했다. 며칠 후 전화가 왔다. A는 첫 수업만 받았는데도 하루하루 몸을 살피며 일상생활이 수월해졌다고 했다. 하지만 B는 허리, 골반, 목, 어깨에 통증이 심해져서 요가에 회의감이 든다고 했다. 그리고 질문을 던졌다.

— 통증을 느끼지 않고 잘 살았는데 굳이 통증을 느끼며 수련을 해야 하나요?

나는 일상생활의 불편함이 요가 수련에서 만나는 통증보다 덜하면 요가를 할 필요가 없다고 말한다. 그러나 요가를 수련하면 통증이 사라질 거라는 확신을 갖고 있다. B는 '행복하다'고 하지만 가족이나 주변에 불만을 갖고 있다. 수련인의 시선으로 보면 불안정한 상태로 무언가를 찾아 헤매는 사람이다. 그분이 나를 통하지 않아도 건강과 평온을 위해 '수련하는 삶'을 선택하면 좋겠다. 그것이 요가가 아니어도 된다.

"인간은 본성상 망각하는 동물이다"는 니체의 말이 생각난다. 니체는 인간은 자신에게 있는 자연적인 힘, 즉 망각의 힘을 제거해야 한다고 강조했다. 살아가며 크게 넘어진 기억은 우리를 변화시킨다. 하지만 대부분의 기억은 흐려진다.

과거의 나를 알고 싶으면 현재를 살피면 된다. 나의 불균형과 통증은 내 몸을 함부로 사용한 결과다. 부디 내 몸을 아기 다루듯 소중히 대하길 바란다.

제대로 요가를 만난 지 10년이 지났다. 그래서일까. 이제는 사람들이 느끼는 불편함이 눈에 들어온다. 정신노동에 길들여져 감정 상태를 알지 못하는 사람들, 다른 사람 탓을 하느라 급급한 사람들이 보인다. 요가는 삶에 일어나는 수많은 일을 섬세하면서도 즉각적으로 바라보게 해준다.

요가를 하다 보면 어디가 편안하고
어디가 불편한지 혼란스럽다.
통증을 느끼지 못하고 외면하는 사이
몸은 쉬이 틀어진다. 균형이 깨진다.
몸의 불균형은 통증을 모른 척한 결과다.
알면서도 외면하고 참고 내버려두다가
통증을 느끼지 못하는 상태에 이른 것이다.
굳어버린 몸, 균형이 깨진 몸이 된 것이다.
요가는 몸을 살피는 시간이다.
편한지 불편한지, 아픈지 아프지 않은지.
몸이 건네는 말을 알아듣기.
요가를 하는 이유다.

습관적인 긴장에서 벗어나요

업 독(Up Dog)과 다운 독(Down Dog)을 연속으로 수련했다. 다운 독처럼 머리가 아래로 내려가는 동작을 하면 피가 거꾸로 쏟아지는 듯하다. 숨이 가빠지고 머리가 무거워진다. 팔다리가 부들부들 떨리고, 호흡도 제대로 느끼지 못한다. 목과 어깨에 힘이 잔뜩 들어간다.

업 독 자세로 이어간다. 팔과 허리가 아프다. 이 자세를 오래 유지하면 허리 통증 덕분에 다운 독으로 부드럽게 이어가지 못한다. 오늘도 겨우 자세를 잡았다. 다운 독을 하는 내 모습이 궁금하다. 다른 수련생처럼 등과 다리가 쫙 펴져서 땅을 짚은 손과 발을 중심으로 '∧' 모양일까. 등이 펴지지 않는 나는 '⌒' 모양일지도 모른다.

힘들어도 이런 아사나가 좋다. 몸이 앞뒤로 펼쳐졌다가 닫히는 '확산'과 '수렴'에서 조화로움을 느낀다. 몸을 부드럽게 이완하고 수축하며 균형을 잡는 느낌. 문제는 긴장을 풀지 못하는 나에게 있다.

나는 여전히 목과 어깨에 힘을 빼는 법을 알지 못한다. 목에 긴장을 풀면 어깨에 힘이 들어간다. 팔이 아파서 힘을 빼면 다시 목에 힘이 들어간다. 도돌이표 같은 습관적인 긴장에서 벗어나야 한다. 그래야 자유로워질 것이다.

＊∪ [셰르파 이야기]

— 흔들흔들.

몸에 긴장을 풀지 못하는 수련생에게 나는 이렇게 말한다. 목 긴장이 있는 사람은 고개를 숙이는 동작에서도 머리를 들고 있다. '흔들흔들', 그 순간 목은 힘겨워하며 머리를 놓는다. 어깨 긴장이 있는 사람은 서 있는 동작에서도 어깨를 위로 올린다. '흔들흔들' 그 순간 어깨는 양팔을 편안히 놓아준다.

척추 긴장이 있는 사람은 앉아 있는 동작에서도 요추가 굴곡을 이루고 상체는 앞으로 기울어진다. 몸통은 흔들흔들, 엉덩이는 들썩들썩. 그 순간, 척추는 경계를 풀고 편안해진다. 골반 긴장이 있는 사람은 누워 있는 동작에서도 다리에 힘이 들어간다. '흔들흔들', 그 순간, 골반은 애써 잡은 다리를 놔준다.

긴장은 불안함의 결과다. 흔들리는 게 불안해서 꼭 잡고 있는 것이다. 우리 몸은 잘하고 싶은 마음에 사로잡혀 있다. '흔들흔들'이 만사형통이다. 흔들리면 불안하지 않다.

나의 요가 수련은 균형과 조화가 핵심이다. 들숨과 날숨, 위와 아래, 안과 밖, 오른쪽과 왼쪽…… 균형과 조화로 설명할 수 있는 것들이 많다.

매일 수련하는 수리야 나마스카라(태양 경배 자세)에도 업 독과 다운 독이 있다. 업 독은 우르드바 무카 스바나사나(Urdhva Mukha Svanasana, 머리를 위로 향한 개 자세)이고, 다운 독은 아도 무카 스바나사나(Adho Mukha Svanasana, 머리를 아래로 향한 개 자세)이다.

업 독은 들숨과 만나 발산의 느낌을 주고, 다운 독은 날숨과 만나 수렴의 느낌이 있다. 업 독과 다운 독을 유지한 채 호흡을 이어가면 '강약'의 균형과 조화를 느낄 수 있다. 여기에서도 '흔들흔들'은 핵심이다.

습관적으로 긴장하는 사람들은 '강약'을 받아들이지 못한다. 난이도가 높은 동작을 유지할 때 몸과 마음은 긴장한다. 당연히 힘이 든다. 잊지 말자. 우리 몸은 모두 다르다는 것을.

업 독이 힘이 들면 부장가아사나를 하면 된다. 무리하게 동작을 완성하기보다 팔을 조금 멀리 짚고 손바닥을 넓게 펴서 강한 토대에 집중하는 것이다. 들숨과 함께 상체를 조금만 올려보자. 골반과 어깨를 흔들흔들. 허리와 척추의 긴장을 털어버리는 것이다.

다운 독도 마찬가지. 힘이 들면 무릎을 살짝 굽힌다. 손바닥과 발바닥을 넓게 뿌리 내리는 네 집중힌디. 머리, 어깨, 곧반을 조금씩 흔들흔들. 그래도 어려우면 매사에 빈틈을 허락하는 연습이 필요하다. 빈틈에 강약의 조화가 있다. 할 때 하고 놀 때 놀고. 흔들리는 걸 불안해하지 말자. 대나무는 흔들리면서 곧게 뿌리내린다는 걸 잊지 말자.

애쓰면 넘어져요

하늘은 맑고 바람은 시원하고 햇살은 따뜻하다. 수련장으로 가는 길이 근사하다. 자연은 아름답다. 차분한 음색으로 수업을 진행하는 선생님도, 함께 땀을 흘리는 수련생들도 아름답다.

오늘은 프라사리타 파도타나아사나(Prasarita Padottanasana, 넓게 서서 고개 숙여 아래로 쭉 뻗은 자세)를 수련하는 날. 선생님은 불안정한 자세를 취하는 내 허리를 누르며 힘을 빼라고 하셨는데 두려움과 불안함으로 힘을 빼지 못했다.

다시 동작을 푼다. 선생님의 시범을 보고 알았다. 처음에는 무릎이 펴지지 않았는데 발 간격을 조절하니 무릎이 펴졌다. 힘을 빼야 하는데…… 오늘도 목과 어깨에 긴장이 가득하다.

— 애쓰면 넘어져요.

선생님의 말에 정신이 번쩍 든다. 넘어지지 않으려고 애를 썼는데 그럴수록 넘어지다니. 툭~ 몸에 힘을 빼야 바르게 설 수 있다.

내가 발가락을 쫙 펴지 못한다는 걸 알았다. 선생님의 발을 보았다. 발가락이 쫙 펴진 예쁜 발. 선생님은 발의 토대를 느끼는 발걸음으로 사뿐사뿐 수련장을 걸어 다닌다. 토대를 느끼려면 발가락 하나하나가 길게 뻗고 쫙 펴져야 한다. 내 발을 본다. 발의 토대는커녕 몸을 지탱하는 것도 힘겨워하는 발. "몸의 균형은 몸의 작은 뒤틀림을 알아차리는 데서 시작한다"는 선생님의 말이 내 발가락을 조금 꼼지락거리게 했다.

내 몸의 심각한 불균형은 언제부터 시작되었을까. 왼쪽 림프부종이 숙명처럼 내 몸에 붙어 있지만 나의 '예민함'이 더 큰 이유다. 우울증도 상당했다. 나는 어릴 적부터 잔병치레가 잦은 아이였다. '아프다'는 말이 싫을 정도로 자주 아팠다. 그런데도 대책 없이 열심히 살았다. 그러다 아프면 쉬는 패턴을 반복했다. 잠자는 시간을 제외하고 나는 늘 무언가를 하고 있었다. 요가는 기분 좋아지는 운동 혹은 잘난 척하는 취미였다.

열아홉 살이 되던 해, 아버지가 암 진단을 받으셨다. 부모님을 모시고 요가, 댄스, 등산을 하며 몸을 움직였다. 하지만 본질은 달라지지 않았다. 단순한 운동이었다.

10년 후, 이번엔 내가 세 개의 암을 선고받았다. 모든 걸 멈췄다. 살고 싶은 욕망이었을까. 알 수 없다. 퇴원하고 가장 먼저 요가 클래스에 등록했다.

첫날의 기억이 아직도 생생하다. 나는 '처음으로' 요가를 하는 사람이 되어 있었다. 힘없이 넘어졌다. 잘하고 싶은 마음에 호흡은 거칠었다. 정신이 번쩍 들었다. 지난날의 내가 보였다. 모두 놓기로 했다. 살아 있는 것에 감사하기로 했다. 그렇게 매일 매트에 올랐다. 다행히 현대의학으로 아무 조치도 취하지 않은 상태로 두 개의 암과 평화롭게 지내고 있다. 그러나 수술한 암은 방사선 치료와 함께 '림프 부종'이라는 또 다른 문제를 안겨주었다.

나는 한 시간 이상 앉거나 서 있지 못한다. 왼쪽 다리 통증과 붓는 것 때문이다. 요가 선생님과 림프 부종을 의논했지만 요가로 극복하기엔 한계가 있었다. 누구도 몸의 불균형을 회복하는 방법을 알려주지 않았다. 막막했다. 홀로 매트에 남겨졌다. 내가 할 수 있는 거라곤 호흡을 관찰하며 살아 있음에 감사를 느끼는 일뿐이었다. 억울하고 서러웠다. 그럴수록 나를 전적으로 요가에 맡겼다. 내가 살아 있는 동안 함께할 호흡에 의지하기로 했다.

그렇게 묵묵히 매트에 올랐다. 조금씩 희망이 보일 무렵 한 남자가 다가왔다. 가정을 꾸리며 남편은 같이 고민해주었다. 사랑으로 보살펴주었다. 남편은 나와 결혼하려고 1년간 요가를 배운 불량 수련생이다. 지금은…… 수련을 하지 않는다. 남편의 몸을 볼

156

때마다 없던 두통이 생긴다. 다행히 나보다 건강한 듯해서 말 없이 지켜보고 있다. 인도에서 5년을 살며 수련을 한 덕분인지도 모른다.

나는 암이나 림프 부종으로 병원을 찾지 않는다. 암과 림프 부종이 어떤 상태인지 정확히 알지 못한다. 내가 아는 건 내 몸이 빛의 속도로 불균형이 된다는 것이다. 매일 요가 수련을 하며 회복한다. 같은 병을 진단 받고 현대의학으로 치료하디기 힘들어하던 의사 수련생이 생각난다.

"내가 셰르파 요가를 만난 것은 로또에 당첨된 것과 같다. 오래 전부터 요가를 하고 싶었지만 마음에 품고만 있었다. 병을 치료하며 더 간절해졌고, 림프 부종이 생긴 후에는 더 절실해졌다. 하지만 림프 부종을 이해하고 관리해주는 요가 선생님을 만날 수 있을까 생각하며 가슴에 묻어두었디. 그런 나에게 셰르파 요가는 우연 필연 기적처럼 다가왔다."

4

나는 요가를 합니다

※

셰르파 요가

나는 나의 셰르파예요

오늘 수련장은 재즈 바를 연상시켰다. 흥겨우면서도 편안한 분위기, 어두운 조명 아래 바에 앉은 듯한 기분. 선생님의 강독이 이어졌다.

세 사람 이야기. 누구에게나 착하고 좋은 사람, 누구에게나 나쁜 사람, 착하기도 하고 나쁘기도 한 사람. 누구에게나 나쁜 사람은 피하면 되지만, 가장 조심해야 할 사람은 '누구에게나 착하고 좋은 사람'이란다.

고개를 끄덕였다. 나이가 들어 사회에서 만난 사람들 가운데 착한 척하는 사람이 싫었다. 좋은 사람이라고 생각했다가 실망하곤 했다. 있는 그대로 보기! 우리는 어쩌면 '세 사람' 사이에 존재할 것이다.

요가 아사나는 원칙이 있다. 하지만 사람마다 몸과 마음이 다르듯이 아사나는 같지 않다. 이론에 등장하는 아사나를 완벽히 할 수 없어도 그 방향을 바라보고 조금씩 다가가면 된다. 선생님은

'수련이란 무엇인가'를 물으셨다. 나는 '꾸준히 오래 하는 것'이라고 답했다. 연습과 훈련이 아닌 수련이니까. 몸과 마음이 함께 정진하는 게 수련이 아닐까. 습관처럼, 일상처럼.

— 나는 나의 셰르파입니다.

오늘, 내 마음을 울린 말이다. 다른 사람을 도우려면 나를 먼저 돌보아야 한다. 그래야 세상에 사랑을 나눌 수 있다. 아픈지, 슬픈지, 힘든지. 내 마음이 다른 것에 의존하기 전에 나를 먼저 살펴야 한다. 호흡을 느끼며 깨어 있어야 한다.

마시는 숨에 그립습니다. 내쉬는 숨에 보고 싶습니다.

마시는 숨에 미안합니다. 내쉬는 숨에 감사합니다.

오늘 나는 이렇게 호흡했다.

『강신주의 감정수업』에는 세상에 세 가지 사람이 있다고 적혀
있다. 처음에는 동의할 수 없었다. 어떻게 인간을 세 종류로 나누
지? 수련생들은 자기 자신을 어떻게 생각하고 있을까. 수련장에
서 화두를 던졌다. 대부분 나처럼 '칭찬도 받고 욕도 먹는 사람'
이라고 말했다. 우리는 언제 칭찬받고 욕을 먹을까. 다른 사람에
게 잘하면 칭찬받고, 자기에게만 잘하면 욕을 먹지 않을까. 그렇
게 우리는 '나'를 돌보는 것을 미덕이 아니라고 생각한다.

히말라야를 오르는 산악인에겐 짐을 나르며 길을 안내하는 셰르
파(Sherpa)의 도움이 필수적이다. 그러나 히말라야에서 살아가
는 사람에게 셰르파는 의미 없다. 그들이 곧 셰르파이니까. 아이
가 걸음마를 시작할 때는 어른의 도움을 받는다. 걷는 순간, 아이
는 부모의 칭찬에 기뻐한다. 어른에게 기쁨이 되었기 때문이다.
중요한 것은 걷기 시작한 순간부터 누구의 도움 없이 할 수 있는
일이 많아진다는 사실이다.

이처럼 인간은 유능한 존재다. 하지만 우리는 그 사실을 잊은 채

살아간다. 인간의 몸은 스스로 복구하고 치료하며 유지하는 힘을 갖고 있다. 아픈 시간을 견디며 나는 유능한 존재가 되고 싶었다. 제대로 걷고 싶었다. 그래서 '나'에게 잘해주었다. 그것이 사랑하는 가족에게 잘하는 방법이라 여겼다.

나는 병에 걸린 몸을 자연에 순응해 본래대로 돌려놓는 데 집중한다. 매일 매트에 오르는 것은 나에게 주어진 삶의 짐을 덜어주는 일이다. 그 짐을 나르다보니 다른 이의 길을 안내하는 사람이 되었다.

삶의 골수는 나를 살아 있게 해주는 '숨'을 만나는 시간을 확보하는 것이다. 거기에서 나의 유능함을 깨우는 것이다. 근본으로 돌아가자. 뿌리를 깊숙이 내려 힘차게 걷자. 유능한 존재로 살아가자.

일본 독립 서점의 선구자인 마쓰우라 야타로는 말한다.

> "인간의 가치는 장점보다 단점에서 찾을 수 있다고 생각한다. 단점이 소용돌이치는 방향과 그 소용돌이에 스스

로 휘말리는 방식이 인간의 흥미로운 점이고 생명력이라는 에너지원이다. 무엇이 어떻든 간에 그 소용돌이 속에서 능숙하게 헤엄치고 있다면 괜찮다. 단점, 곧 콤플렉스와 자기가 능숙하게 교류하는 방법 말이다. 큰 콤플렉스를 가진 사람일수록 성공한다는 말은 결코 잘못 짚은 이야기가 아니다. 그만큼 소용돌이 속에서 헤엄치기도 능숙할 테니까. 그것을 계기로 자신의 장점을 키워, 다시 그 장점을 살려가는 것이다."

— 마쓰우라 야타로, 『안녕은 작은 목소리로』 중에서

'도구 3남매'로 요가와 친해져요

셰르파 선생님은 요가 수련에 '롤러'를 사용하신다. 롤러는 홈 트레이닝에서 사용하는 폼 롤러 재질이 아니라 딱딱한 나무로 되어 있다. 처음에는 이렇게 딱딱한 아이 위에 누울 수 있을까 두려웠다. 선생님은 롤러 수련을 강조했지만 게으른 나는 집에서 따로 수련하지 않았다.

오늘은 롤러와 블록 수업이 있는 날. 롤러에 조심스럽게 누웠다. '롤러야, 거기 있니? 잠깐만, 발 토대 좀 느끼고. 아, 왜 발가락에 힘이 안 들어가지? 롤러야, 거기 있니? 혹시 비뚤어진 건 아니니?'

아직 사이가 좋지 않은 롤러와 어색한 대화를 나누며 천천히 위로 올라갔다. 허리를 지나자 극심한 통증이 느껴졌다. 롤러가 드르륵 밀리며 매트 밖으로 나가버렸던 첫 수련을 떠올리며 조심스럽게 한 발 한 발 집중했다.

선생님은 '요추 블록', '흉추 블록'이라는 새 동작을 가르쳐주셨다. 조심스럽게 블록에 눕는다. 블록과 맞닿은 허리에 긴장감을 느낀다. 등과 허리가 어딘가에 얹혀서 땅과 떨어진 상태로 발의 토대를 느끼며 균형을 잡았던 순간이 있던가. 기억나지 않는다. 그러면서도 날씬해지고 싶고, 건강해지고 싶은 욕망으로 다이어트 약과 영양제를 먹어댔다. 유통 기한이 지난 각종 즙이 떠오른다. 몸의 뼈를 느끼며 틈 사이사이 긴장과 한숨을 파악하고 어루만지는 일을 생각하지 못한 채 살아온 것이다.

아직은 낯설고 어색하지만, 수련 때마다 롤러와 블록을 곁에 둬야겠다.

잘 지내보자고, 친구들.

내가 '도구 3남매'라고 이름 붙인 땅콩, 롤러, 블록은 요가 수련을 돕는 착한 아이들이다. 땅콩과 롤러는 인체의 세로선, 즉 척추를 따라 생기는 불균형을 진단하고 균형으로 회복시킨다. 그 과정에서 몸의 큰 관절인 어깨와 고관절에 영향을 미치는 크고 작은 근육이 건강해진다. 블록은 심각한 좌우 불균형을 진단하고 균형을 회복시켜준다. 그 과정에서 호흡은 고요해지고 깊어진다.

나에게 도구 3남매는 든든한 아이들이다. 림프 부종 환자인 내가 현대의학이 제안한 복합 물리치료 요법에서 벗어나 자유로운 수련인으로 살아가게 해준 효녀 효자다.

롤러에 몸을 맡겨요

일요일 오후, 집안일을 마무리하고 드러누운 내 눈에 그가 보인다. 그래, 지금이야! 눈치만 보며 '밀당'만 하다가 썸도 못 타고 끝날 것 같은 존재. 그를 조심스럽게 꺼내어 핑크색 요가 매트에 가지런히 놓는다. 음악을 튼다. 좋아하는 노래가 흐르면 그와의 데이트가 분위기 있지 않을까.

발과 손의 토대, 호흡, 비뚤어지지 않는 것을 신경 쓰며 천천히 롤러 위에 누웠다. 롤러가 등을 지나자 고통이 밀려온다. 아악! 허리를 지날 때는 비명이 새어나왔다. 노래가 두 곡 정도 흘렀을까. 일어났을 때 롤러가 비뚤어지지 않은 걸 보고 기쁨이 밀려왔다.

한 번 더. 허리가 여전히 아프다. 선생님이 강조한 뼈의 분절을 느끼지 못한 채 마음만 바쁘다. 토대를 신경 쓰면 호흡이 흐트러지고, 몸의 균형을 신경 쓰면 발의 토대에 힘이 빠진다. 그렇게 두 번의 롤러로 내 몸은 얼얼해졌다. 힘들었지만 처음치곤 자연스러웠어. 어색했던 만남을 수줍게 마무리했다.

그날 밤, 신비로운 데이트의 여운이 나를 찾아왔다. 잠을 청하며 누워 있는 목, 등, 허리에 롤러가 느껴지는 게 아닌가. 묘하다. 롤러를 지날 때의 묵직한 통증이 목에서 어깨로 등으로 허리로 느껴진다. 그런데 기분 나쁘지 않다. 묵직한 나른함 덕분에 모처럼 꿀잠을 잤다. 아침에 일어나니 데이트 후유증으로 뒷목이 뻐근하다. 기분 좋은 뻐근함이다.

롤러와의 첫 만남은 지금도 생생하다. 왼쪽 하지 림프 부종이 심해지면서 왼쪽 몸이 오른쪽에 비해 늘어나서 불편했다. 요가를 하거나 누워 있을 때는 덜했지만 앉거나 서서 활동하면 통증이 찾아왔다. 우리 몸은 서로 연결되어 있다. 몸의 오른쪽은 점점 왼쪽으로 틀어졌다. 오른쪽 피부가 왼쪽으로 당겨지는 느낌이었다.

림프 부종은 현대의학이 포기한 불치병이다. 고민하던 나는 온몸이 문제투성이인 분들을 지도하며 사용한 '롤러 수련법'을 떠올렸다. 수련에 도구를 사용하는 것이 내키지 않았지만 그럼에도 믿어보기로 했다. 그만큼 나는 절박했다.

첫날, 태어나서 한번도 느껴보지 못한 통증을 만났다. 1부터 10까지 통증 강도가 있다면 8~9에 해당하는 아픔이었다. 통증에 굴복할 것인가, 요가로 받아들일 것인가. 고민 끝에 요가에 순종하기로 했다.

요가는 신체에 클레샤(Klesha), 즉 고통을 식별해 제거함으로써 성취된다는 말을 믿기로 했다. 다행히 마인드 컨트롤은 성공했고 호흡에 집중하는 나를 만날 수 있었다.

하지만 다음 날 상황은 180도 달라져 있었다. 롤러를 쳐다보는 것조차 싫었다. 다른 도구를 꺼내어 몸과 친해지는 방법을 찾느라 며칠을 보냈다. 림프 부종은 자부심 넘치는 요기니의 자존심을 무참히 짓밟았다. 결국 처음부터 다시 시작하기로 했다.

나는 하루하루 롤러를 만났다. 매일 '균형 회복'을 생각했다. 롤러를 기본 삼아 도구 수련법을 연구했다. 공부할수록 몸이 좋아졌다. 시시각각 변하는 나의 불량한 몸이 '세르파 요가'를 탄생시킨 것이다.

수리야를 꾸준히 수련하세요

수련생들이 후기를 남기고 공지를 확인하는 온라인 커뮤니티가 있다. 처음에는 가입만 하고 후기를 남기지 않았다. 나 같은 초보가 아닌, 매일 새벽에 일어나 꾸준히 수련하는 분들의 공간 같았다.

어느 날, 요가 수련을 마치고 집에 돌아오는데 마음에 미세한 바람이 불어왔다. 그날만큼은 설명할 수 없는 무언가가 몸에 들어온 것을 감지했다. 용기를 내어 그날의 감정을 커뮤니티에 남겼다. 그날부터였다. 아무리 힘들어도 요가 수련을 마치면 일지를 쓰고 하루를 마무리한다. 수련생들의 글을 읽고, 내 글에 대한 피드백도 감사히 읽으며 수련을 점검하고 있다.

2020년 1월 31일, 드디어 〈롤러 챌린지〉에 동참했다. 매일 조금씩 롤러 수련 인증샷을 남겼다. 〈단다아사나 챌린지〉에도 동참했다. 이제 롤러도 익숙해졌다. 롤러는 동글동글 구르는데 내 몸에서는 왜 구를 생각을 하지 않는지 의아했지만 지금은 한결 편안해졌다. 어떤 날은 롤러 위에서 잠이 들기도 한다.

하지만 단다아사나는 여전히 힘들다. 3~4분이라도 자세를 유지하며 호흡을 바라보려고 노력하지만 여전히 갈 길이 멀다. 하지만 하루에 10초씩 늘리면 어느 순간 바르게 앉는 사람이 되어 있을 것이다.

요가는 '바르게' 서고, 앉고, 걷고, 숨 쉬는 것을 배우는 것이다. 우리 몸은 불균형하다. 목과 어깨는 틀어져 있고, 허리는 뒤틀려 있고, 걸음걸이는 바르지 않다. 그런 사람들이 바쁘게 살고 있다. 그래서 아픈 것이다.

요가는 지극히 단순한 원리를 일깨워준다. 내가 꾸준히 수련하는 일만 남았다.

— 수련이 힘들어요.

— 매일 수련 일지를 쓰고 싶지만 어떻게 써야 할지 모르겠어요.

— 집에서 30분~1시간 수련할 수 있는 방법을 가르쳐주세요.

— 요가 클래스에 참석할 수 없지만 집이나 직장에서 도구나 간단한 동작으로 효과를 얻을 수 없을까요?

— 가족들도 쉽게 요가 수련을 하게 도와주세요.

— 아쉬탕가 요가를 다치지 않고 수련하는 방법은 없을까요.

수련생들의 질문에 해답을 고심하다가 〈전 국민이 시리즈〉를 제안하기로 했다. 전 국민이 '수리야', 즉 자신의 태양이 되는 것이다. 매일 자신의 태양이 되고 도움이 필요한 이들에게 태양이 되어주기. 셰르파가 집꾼이라면 태양은 주인이다. 모든 사람들이 자기 건강을 지키는 자로, 삶의 진정한 주인으로 살아가면 좋겠다.

요가는 습관이 되어야 한다. 매일 비슷한 시간에 수련하고 인증 사진을 수련생들과 공유하는 헌신이 필요하다. 나 홀로 묵묵히 습관을 지속하기란 쉽지 않다. 그래서 우리 수업은 수련생들의 힘으로 온라인 카페를 활용한다.

〈전 국민이 시리즈〉는 다섯 명의 수련생이 이끌고 있다. '전 국민이 롤러 하는 그날까지'를 시작으로 블록, 단다아사나, 수리야 나마스카라, 수카아사나 '5종 세트'를 만들었다. 이 글을 읽는 당신에게도 '안아주고 사랑하며 사는 명상 이야기' 카페를 권한다.

이제 시작이다. 열정적으로 시작했다가 그만둔 분도 있고, 묵묵히 〈전 국민이 시리즈〉를 이어가는 분도 있다. '5종 세트'가 부담스러우면 한두 가지만 선택해도 된다. 작심삼일을 슬퍼할 필요는 없다. '마음먹고 3일'이 어딘가. 힘들면 하루 정도 쉬어도 된다. 그리고 다시 3일 유지. 그렇게 4일이 되고 일주일이 되고 2주, 3주가 된다. '작심삼주', 21일을 유지하면 몸이 저절로 원하게 된다.

나의 수련법은 다음과 같다.

우선 땅콩 볼을 가볍게 경추부터 요추까지 한 호흡에 한 칸씩 이

동한다. 첫 번째, 같은 방법으로 롤러를 진행하고, 두 번째, 흉추를 두 군데로 나누어 블록에 눕힌다. 숨 쉴 틈이 필요한 그곳을 '블록'에 눕혀준다. 세 번째, 막대기 자세인 단다아사나로 후굴이 되었던 몸을 회복하며 부드럽고 견고해진 나를 만난다. 네 번째, 수리야 나마스카라로 나의 태양이 되고 사랑하는 이들의 태양이 되는 상상을 하며 큰 움직임을 이어나간다. 다섯 번째, 수카아사나로 마무리한다. 수카아사나 이후의 마무리 자세는 무엇이든 상관없다. 앉는 자세가 편안하면 그것을, 눕는 자세가 편안하면 그것을 선택하면 된다.

요가는 바르게 서고, 앉고, 걷고,
숨 쉬는 것을 배우는 것이다.
우리는 불균형하다.
목과 어깨는 틀어져 있고,
허리는 뒤틀려 있고,
걸음걸이는 바르지 않다.
그런데도 바쁘게 살아간다.
그래서 아픈 것이다.

매일매일 수련해요

훌쩍 떠나는 것을 좋아한다. 여행을 사랑한다. 낯선 공기와 햇살과 바람 속에서 눈을 가늘게 뜨고 사람들을 구경한다. 여행을 떠날수록 짐이 단출해진다. 처음에는 32인치 캐리어를 끌고 다녔다. 그것도 부족해 보조 가방을 매달았다. 지금은 아니다. 어디를 가건, 얼마나 멀리 떠나 있건 24인치 캐리어만 들고 다닌다.

요가를 배우며 꿈이 생겼다. 요가 매트를 들고 여행 떠나기. 바닷가건 들판이건 광장이건, 마땅한 장소가 없다면 침대 옆에서 요가 매트를 펴고 나만의 수련을 행하는 것이다. 휴대용 요가 매트를 샀다. 명품 매트는 아니지만 가격도 저렴하고 보관하기도 좋다. 얇지만 탄성이 좋아서 복원력도 뛰어나다. 친환경을 추구하는 기업 이미지도 마음에 든다.

마스크를 벗고 라벤더 색 매트와 여행을 떠나는 날을 상상한다. 고운 백사장에 매트를 펼쳐놓고 수리야 나마스카라를 하는 나를 그려본다. 햇살과 바람 속에서 호흡은 가벼워질 것이다. 파도 소리에 맞춰 수련할 것이다. 나를 바라보고, 숨을 바라보고, 나를 통해 세상을 바라보고⋯⋯.

어쩌면 요가를 배우는 것이 여행일지도 모른다. 내 호흡을 만나는 여행. 내가 살아 있음을 만나는 여행. 그래서 나는 요가를 좋아한다. 여행을 좋아하듯.

나에게 요가는 단순한 운동이었다. 그러다 생존 본능으로 수련을 잇고 있다. 그 사이 다양한 선생님과 다채로운 요가를 경험했다. 거기에 이론과 지도 경험이 더해지면서 셰르파 요가를 꾸리게 되었다.

우선 나의 셰르파가 되어줄 요가가 필요했다. 나처럼 좌우 불균형의 몸을 가진 사람이 무리하지 않아도 균형을 회복하는 요가가 절실했다.

사실 '셰르파 요가'는 특별하지 않다. 요가 지도자들이 여러 이름을 붙이는 것에 회의적인 사람이 바로 나였다. 요가는 하나다. 호흡, 동작, 시선의 결합이 요가다. 그것에 집중하면 된다. 그런 내가 '셰르파 요가'라 이름 짓고 책까지 쓰고 있으니 어불성설이 따로 없다. 조심스럽다.

셰르파 요가는 내가 셰르파를 자처하고 뚜벅뚜벅 걸어온 시간이다. 나의 셰르파, 도움이 필요한 사람들의 셰르파로 존재한 사랑의 결정체다. 셰르파 요가는 매일 스스로를 지키고 전통 요가 속으로 힘차게 걸어가는 슈랏다(Shraddha, 흔들림 없는 신뢰)다.

나는 믿는다. 매일 셰르파 요가를 수련하면 건강하게 살아갈 수 있다고. 셰르파 요가는 땅콩, 롤러, 블록을 기본으로 매일 편안한 시공간에서 개인의 능력별로 '균형 회복 수련'을 제안한다.

〈인문 요가〉〈균형 요가〉〈명상 호흡법〉으로 대표되는 셰르파 요가 클래스는 정통 요가의 8단계를 제대로 배우며 훌륭한 수련인의 삶으로 인도한다.

매일 요가 클래스에 참여할 수 없는 사람들이 있다. 그런 사람들이 집에서 안전하게 수련할 수 있는 매뉴얼이 필요하다. 누구나 부담 없이 구입하고 다룰 수 있는 도구를 개인별, 능력별, 상황별로 선택하고, 그것에 깊이를 더하는 검증된 시퀀스와 시스템이 필요하다. 그래서 〈균형 요가〉를 만들었다.

나는 아사나 만들기에만 관심 많은, 그리하여 나머지 요가의 7단계는 안중에 없는 행복하지 않은 수련인에게 관심이 많다. 그들에게 '참 행복'을 알려주고 싶다. 그들에게 요가의 '야마'와 '니야마'를 공부하고, 매트 안과 밖에서 깨어 있는 연습을 제안한다. 바로 〈인문 요가〉다.

마지막으로 고요하게 자신의 내면을 만나지 못하고, 그저 스트레칭이나 운동으로 요가를 대하는 사람들이 좀 더 자신에게 집중하기를 바라는 마음을 담았다. 〈명상 호흡법〉이다.

다행인 걸까, 불행인 걸까. 셰르파 요가가 빛을 발하고 있다. 코로나19 바이러스로 인해 정상적인 수업이 불가능한 지금, 셰르파 요가 수련생들은 동요 없이 자신만의 편안하고 안전한 시공간에서 호흡을 살핀다. 땅콩, 롤러, 블록과 함께 매일 수련한다.

내가 나의 셰르파가 되는 시간, 셰르파 요가의 가치는 여기에 있다.

5

그녀들의 이야기

✕

요가와 여행

혼자 여행하는 것을 좋아해요. 여행을 떠나 새로운 것과 낯선 것을 보고 느끼는 것을 좋아해요.

쿠바 여행이 생각나요. 2주 동안 한국 생각이 전혀 안 났어요. 쿠바는 인터넷이 자유롭지 않아요. 인터넷 사용 카드를 사고, 그걸 들고 와이파이존까지 가야 해요. 첫날, 카드를 사는 데에만 세 시간 줄을 서는 거예요. 저는 카드를 사지 않고 골목길을 구석구석 탐방했어요. 하루에 한 번씩 스마트폰 셀룰러 데이터를 켜서 문자 메시지만 확인했어요.

저에게 여행은 '목적지에 집착하지 않고 과정을 즐기는 것'이에요. 그 속에서 또 다른 일상을 만날 수 있지요. 그게 바로 요가가 아닐까 생각해요. 그래서 요가를 천천히 깊이 있게 배우고, 비슷한 생각을 하는 사람들과 함께 수련하는 '요가 여행'이 매력적으로 느껴져요. 꼭 한번 요가 여행을 떠나고 싶어요.

"요가 수련의 핵심은 목표 지점에 '도달'하는 것이 아니다. 수련은 고정되지 않고 흐르는 영원한 여정이다. 요가 수련에서 기억해야 할 기본 원칙은 삶이든 요가든 확장하고 발전하기 위해서는 반드시 깊이를 갖추어야 한다는 점이다."

— 배런 뱁티스트,『나는 왜 요가를 하는가?』

얼마 전 오랜만에 여행을 다녀왔어요. 림프 부종 이후로 오랫동안 여행을 가지 못해서 기대가 컸어요. 사랑하는 사람과 멋진 장소에 가고, 요가 수련하는 곳도 갈 테니까요. 그런데 별로였어요. 불편했어요. 그때 알았죠. 나는 매일매일 여행을 즐기는 사람이구나. 매일매일 내 몸과 삶을 여행하고 있었구나. 매일 요가를 수련하면 하루하루가 새로워요. 일상이 지루하지 않으니 다른 곳으로 떠나고 싶은 마음이 사라져요. 제게는 요가와 함께하는 매일이 휴가예요. 삶이 요가이고 요가가 삶인 거죠.

요가 여행은 '평생에 걸친 영적 수련'이에요. 끝이 없는 여정, 목적지를 알 수 없는 여행인 거죠. 그 여정에서 깨달음과 확신을 얻으며 나를 찾는 것이에요. 때로는 지루하고 고통스럽지만 오늘도 우리가 요가 매트에 오르는 건 이 여행을 통해 나를 찾을 수 있다는 믿음 때문일 거예요. 누구에게도 의존하지 않고 오로지 자신의 힘으로 내면을 들여다보는 힘이 생기니까요.

"만약 당신이 생활 방식을 바꾼다면, 그것은 스승이 요청하기 때문이 아니라 요가가 새로운 존재 방식으로 가는 문을 열어주기 때문이며, 기쁨과 편안함, 감사함으로 그 길을 걷겠다고 스스로 선택했기 때문이다. 요가의 연꽃 심장 속으로 들어가는 이 여행은 평생에 걸친 영적 수련이며, 이 수련은 이 생애 뿐 아니라 그 너머에서도 꽃을 피운다.”

— 키노 맥그레거, 『아쉬탕가 요가의 힘』

인도의 요가 선생님 아헹가는 단순한 요가 동작에서도 세 가지 차원의 탐구를 경험한다고 말했다. 육체를 견고하게 하는 외적인 탐구, 안정된 지성을 가져오는 내적인 탐구, 그리고 자비로운 영혼을 만드는 가장 내밀한 탐구가 그것이다.

요가 초보자라도 누구나 하는 말이 있다. 수업이 끝나면 피곤했던 몸이 활기차고 가벼워진다는 말. 요가가 눈에 보이는 부분이나 해부학적 효과를 넘어 눈에 보이지 않는 부분의 생리적 효과와 심리적 효과를 가져다준다는 증거일 테다. 몸의 아픔을 느끼는데도 불구하고 고요함 속에서 자신을 바라볼 수 이유는 여기에 있다.

요가는 내면을 향한 여정의 연속이다. 끊임없이 흐르는 들숨과 날숨 바라보기는 수련의 기본이다. 동작을 하느라 호흡을 놓치는 수련생들을 접하는 나는 호흡이 희생된 상태를 금세 알아차린다. 그때마다 자연스러움이 사라지는 것을 몸으로 알아차린다.

아파트 13층에 사는 나는 가끔 1층부터 계단을 오르곤 한다. 온전히 호흡에 집중하며 13층까지 올라도 숨이 편안하다. 평지를 걸은 듯하다. 하지만 잠깐이라도 계단을 오르는 동작이 중심이 되거나 다른 생각을 하느라 호흡이 희생되면 숨이 찬다. 우리는 호흡과 함께 육체의 움직임에 집중하는 것이 필요하다. '마시고 내쉬고'에 따라 몸을 움직이는 것이 중요하다.

우리는 살아가며 긴 시간 잠을 잔다. 수면은 고요함이다. 아기는 고른 숨을 쉬며 잠을 잔다. 긴장이 없고 걱정이 없다. 평온하다. 갓 태어난 아기는 잠을 잘 때는 물론 웃을 때에도 전신을 이용하여 호흡한다. 그랬던 우리가 성인이 되면서 커피, 설탕, 담배, 술 같은 인위적이고 자극적인 물질에 길들여졌다. 잃어버린 에너지에 활력을 준다는 명목 아래…….

그러나 활기와 생명력은 태어날 때부터 가진 호흡으로 얻을 수 있다. 이제 옛 기억을 되살려 자연스러움으로 돌아가자. 그곳에서 자유롭고 활기찬 에너지로 가득한 몸과 마음을 되찾아보자.

틈나는 대로 '마시고 있구나, 내쉬고 있구나'를 떠올리는 습관. 그것이 자연스러움으로 돌아가는 길이다. 순수함과 감수성을 회복하는 지름길이다. 물론 균형 회복은 덤이다.

'수련생'으로 만난 루나 님의 수련일지는 아름답고 따뜻했다. 게다가 재미있어서 하루하루 독자가 늘고 있다. 내가 쓴 〈요가를 아는 그녀 이야기〉는 신세계아카데미에서 진행한 〈인문 요가〉 〈균형 요가〉 〈명상 호흡법〉 수업을 바탕에 두었다. 19세 때 처음 요가를 접하고 20년 이상 수련을 이어가고 있는 내 생각을 담았다.

나는 '아웃사이더 요기니'다. 아쉬탕가 요가를 10년 이상 수련하고 있지만 나는 전통을 그대로 따르지 않는다. 그러다 보니 내 이름을 내건 '셰르파 요가'가 불편한 분이 계실 수 있다. 하지만 내가 잘할 수 있는 일이라 믿기에 오늘도 묵묵히 호흡을 고른다. 부디 많은 사람들이 셰르파(Sherpa) 요가를 발판 삼아 멋진 '요가 명상'을 즐기길 바란다. 문득 박노해 시인의 시가 떠오른다.

"주류 속으로 뚫고 들어가라.
가서 비주류를 들어 올리라."

글을 쓰는 작업은 요가 수련만큼이나 '나'라는 존재를 고요하게 만나는 소통의 장이다. 이 일을 허락해주신 모든 분들에게 감사를 전한다.

나는 잘 살고 싶고, 잘 호흡하고 싶어서 요가를 시작했다. 살아 있는 동안 늘 함께할 호흡! 그 시간이 주어진 것만으로도 감사하다.

나마스테!

셰르파

참고 도서

『강신주의 감정수업』, 강신주, 민음사, 2013

『나는 왜 요가를 하는가?』, 배런 뱁티스트, 터치아트, 2018

『나는 질병 없이 살기로 했다』, 하비 다이아몬드, 사이몬북스, 2017

『노자와 융』, 이부영, 한길사, 2012

『당신도 초자연적이 될 수 있다』, 조 디스펜자, 샨티, 2019

『디스크 권하는 사회』, 황윤권, 에이미팩토리, 2015

『몸의 일기』, 다니엘 페나크, 문학과지성사, 2015

『부드러운 움직임의 길을 찾아』, 토마스 하나, 소피아, 2013

『빈야사요가: 움직이는 명상』, 자예슈와리, 티나박 외, 웅진리빙하우스, 2007

『사랑의 기술』, 에리히 프롬, 문예출판사, 1976

『심연』, 배철현, 21세기북스, 2019

『아디야샨티의 참된 명상』, 아디야샨티, 침묵의향기, 2016

『아쉬탕가 요가의 힘』, 키노 맥그레거, 침묵의향기, 2017

『안녕은 작은 목소리로』, 마쓰우라 야타로, 북노마드, 2018

『요가 수업』, 키노 맥그레거, 침묵의향기, 2019

『요가 수행 디피카』, B.K.S. 아헹가, 선요가, 2009

『요가말라』, 스리 K. 파타비 조이스, 침묵의향기, 2011

『인생은 이상하게 흐른다』, 박연준, 달, 2019

『지금 이 순간이 나의 집입니다』, 틱낫한, 불광출판사, 2019

『정적』, 배철현, 21세기북스, 2019

『철학의 태도』, 아즈마 히로키, 북노마드, 2020

『호흡 작용의 해부학』, 블랑딘 칼라이스 저메인, 영문출판사, 2009

『현존』, 레너드 제이콥슨, 침묵이향기, 2010

『화에 대하여』, 루키우스 안나이우스 세네카, 사이, 2013

몸을 아껴요
마음을 가꿔요

초판 1쇄 인쇄 2021년 1월 18일
초판 2쇄 발행 2024년 11월 1일

지은이 루나, 셰르파
펴낸이 윤동희

편집 김민채
디자인 석윤이
일러스트 동렬
제작처 교보피앤비

펴낸곳 (주)북노마드
출판등록 2011년 12월 28일 제406-2011-000152호

ISBN 979-11-86561-74-4 (03810)

북노마드